清代小说
禁毁研究

蔡瑜清◎著

暨南大学出版社
JINAN UNIVERSITY PRESS

中国·广州

图书在版编目（CIP）数据

清代小说禁毁研究 / 蔡瑜清著. —广州：暨南大学出版
社，2022.6
ISBN 978 - 7 - 5668 - 3406 - 5

Ⅰ.①清…　Ⅱ.①蔡…　Ⅲ.①禁书—古典小说—小说研究—中
国—清代　Ⅳ.①I207.41

中国版本图书馆 CIP 数据核字（2022）第 074163 号

清代小说禁毁研究
QINGDAI XIAOSHUO JINHUI YANJIU
著　者：蔡瑜清
....

出　版　人：张晋升
责任编辑：潘江曼
责任校对：张学颖　黄晓佳
责任印制：周一丹　郑玉婷

出版发行：暨南大学出版社（511443）
电　　话：总编室（8620）37332601
　　　　　营销部（8620）37332680　37332681　37332682　37332683
传　　真：（8620）37332660（办公室）　37332684（营销部）
网　　址：http://www.jnupress.com
排　　版：广州良弓广告有限公司
印　　刷：佛山市浩文彩色印刷有限公司
开　　本：787mm×960mm　1/16
印　　张：13.25
字　　数：178 千
版　　次：2022 年 6 月第 1 版
印　　次：2022 年 6 月第 1 次
定　　价：49.80 元

前　言

　　一向被社会主流意识所轻视的通俗小说，与民众的文化生活密切联系，影响社会风俗、人心教化等各个方面。明清时期，通俗小说得到快速发展，至清乾隆朝时已发展到"市井粗解识字之徒，手挟一册，熏染既久"①的地步。那些描写市井生活和市民精神内涵的通俗小说，引起各阶层的强烈共鸣，影响到社会风气和伦理道德。这令统治者颇为忌惮，遂采取禁毁小说等各种手段来扼杀"异端"文化。

　　小说禁毁的历史始自明代。据顾炎武在《日知录之余》卷四《禁小说》中记载，最早对小说采取禁毁行动的是明正统七年（1442），国子监祭酒李时勉上疏奏请禁止《剪灯新话》；万历三十年（1602），禁以小说语入奏议；崇祯十五年（1642）四月，刑科给事中左懋第奏请焚毁《水浒传》题本，六月，朝廷又下令烧毁《水浒传》及其原版。有明一代，共有四次禁书活动，但声势并不浩大，没有造成有效的影响。

　　清入关以后，统治者日益加强对思想文化等领域的控制，以收拢人心，维护其统治，因此采取了各种文化专制的政策。清朝统治者在两百多年间，采取了各种小说禁毁措施，颁布了近30条禁毁小说的中央法令和各种地方禁毁法令、乡约、清规等，掀起了多次禁

---

　　① 《大清仁宗睿皇帝实录》卷二百七十六，转引自王利器：《元明清三代禁毁小说戏曲史料》，上海：上海古籍出版社，1981年，第61页。

书潮，以加强对思想文化的控制从而维护其统治。禁毁小说也成为其文化专制政策内容的一部分，且往往与"笔祸""文字狱"紧密相关，严重影响了清代小说的发展，给文化艺术乃至社会各方面都带来动荡。清代小说禁毁的过程大致分为五个阶段：小说禁毁于顺治至康熙前期拉开了序幕；到康熙中后期全面展开；在乾隆时达到登峰造极的地步；在嘉庆至咸丰年间又掀起几次大型禁书运动；直到同治至宣统年间，小说禁毁运动几乎成了强弩之末，随着清王朝的覆灭而宣告失效。

清廷禁书种类的数量史无明文，各种禁书目录多有重复或遗漏。据王彬主编的《清代禁书总述》和王利器辑录的《元明清三代禁毁小说戏曲史料》所载，清代共禁书约 3 236 种，其中小说约 170 种。从数量上看，禁毁的小说对于小说创作整体似乎是不值一提的，但是其影响复杂而深远，涉及小说创作的主旨、题材的选择和艺术手法的采用，以及小说的传播等各方面。清代的小说禁毁影响小说发展的各方面：在大体趋势上阻碍了小说的创作，也影响了小说作者对题材的选择和内容的处理，促进了创作手法方面的更新；干扰小说刊刻的整体情况，也促进刊刻方法的多样化，造成不署刻者与刊刻年份、易名改题重新刊刻等现象；影响小说的流传，致使部分小说残缺不全甚至亡佚，并且引导社会制造各种舆论，影响民众对小说的接受。

目前，学术界关于清代小说禁毁研究的总体情况是：对禁毁史料有了较为系统完整的搜集整理，已出版了相关的小说书目和介绍性的书籍，也有小说文本的系列丛书，还有些著作和论文对小说禁毁作了概述性介绍和某种层面的专论，这些都为研究小说禁毁的情况奠定了基础，起到了良好的推动作用。就清代禁毁小说研究的大场域而言，其研究论著大致归为以下几类：

一、关于禁毁小说戏曲史料的整理

王利器的《元明清三代禁毁小说戏曲史料》，搜集了从官书到私人笔记的大量关于禁毁小说戏曲的资料，包括中央法令、地方法令和社会舆论三大部分，细致全面地反映了元明清三代的禁毁政策和社会影响，并在前言部分以"不平之鸣"肯定了小说戏曲的价值，谴责统治者"只准州官放火，不许百姓点灯""偷天换日"的禁毁行为，认为代表人民意志的小说戏曲是"扑不灭的火焰"。陆林的《宋元明清家训禁毁小说戏曲史料辑补》一文，扩大了辑录材料的范围，遵循王利器的思路，对材料逐条加了按语，对材料来源、作者信息等做了补注，并进行了简单评价。此外，丁淑梅的《清代禁毁戏曲史料编年》，搜集了清代禁毁戏曲史料，并对各阶段的禁毁戏曲史事进行分析，对禁毁小说的研究具有重要参考价值。

二、禁毁书目的辑录及介绍

清光绪八年（1882）姚觐元编的《清代禁毁书目四种》，记录的是乾隆朝纂修《四库全书》时所清查的应毁书目，包括乾隆四十七年（1782）的销毁抽毁书目、乾隆五十三年（1788）的禁书总目、乾隆四十三年（1778）的违碍书目，共2 634种书目。孙殿起的《清代禁书知见录》，记载了作者所经见的乾隆年间禁书的卷数、著者、籍贯、刊刻年代等。王彬主编的《清代禁书总述》，收录了3 236种禁毁书目，对至今尚存于世的禁毁书籍都作了题解式的介绍，其内容包括作者生平、所见版本、内容简介、禁毁原因和禁毁出处，梳理概述了清代禁书情况和文字狱纪略。雷梦辰的《清代各省禁书汇考》，按行省分界，以奏准年月为排列顺序，梳理清代各省奏缴之禁毁书目，并附加小考。这些关于禁毁书目的辑录虽较全面地展现了清代禁毁书籍的概况，但并不是清代禁毁书目全貌，因为有些时期的禁毁书目现已无从确知，这个方面有待进一步挖掘资料。

上述禁毁书目中，包括了小说、戏曲、诗文等各种文体，并没有把禁毁小说书目单独罗列出来。此外，有专门辑录禁毁小说书目的，如萧相恺的《珍本禁毁小说大观——稗海访书录》，详细介绍了作者所见的部分珍籍、秘籍，记录了其点滴感受和零星考证，共介绍了150种小说，分为世情小说、拟市人小说、神魔小说等七类。李梦生的《中国禁毁小说百话》，介绍了104种禁毁小说的版本、作者、禁毁情况，并对小说的内容、艺术价值等做了简单分析。李时人的《中国古代禁毁小说漫话》，评论分析了46种禁毁小说，并附了道光、同治年间江浙地区的禁毁书目。

三、其他研究论著

除了上述书目辑录和介绍性的书籍外，目前并没有关于清代禁毁小说的学术性研究论著，但值得一提的是丁淑梅的《中国古代禁毁戏剧史论》。此书关注中国戏剧文化的动态发展史，重点考察了禁毁戏剧这种中国古代特殊的社会政治文化现象对于戏剧艺术的作用和影响，大体以先秦至汉魏、隋唐、两宋、明代、清代为阶段划分，综论中国古代禁毁戏剧的历史流程与权力话语特征。其研究方法和研究结论对于戏剧史的研究和禁毁小说的研究，都具有比较重要的学术价值和借鉴意义。还有陈正宏、谈蓓芳的《中国禁书简史》，叙述了上起先秦，下迄清末的禁书过程，其中"惨酷的代价：清朝禁书总结"一章分析了清朝的文字狱、禁书等，指出清朝的禁书是基于其现实需要，但也付出了惨痛代价，成为中华民族的深重灾难。

期刊论文方面，学术界目前已经有了一定的研究成果，既有十几篇专门探讨清代禁毁小说的论文，又有部分论文扩大研究范围，论述清代禁书、中国禁毁小说、中国禁书或禁毁戏剧等。

有对清代小说禁毁作总体性概况研究的，如石昌渝的《清代小说禁毁述略》、敖堃的《清代禁毁小说述略》、赵维国的《论清代小说、戏曲的文化管理体制及禁毁形态》；或对清代某个时期禁毁小说的研究，如陈惠英的《乾隆朝禁毁通俗小说研究》、师曾志的《清代乾隆时期之禁书研究》;或专门分析禁毁小说的原因,如冷成金的《试谈中国禁毁小说的概况及禁毁因由》、唐可的《明清禁毁小说禁毁因由探析》;或从传播学的角度来分析禁毁小说,如姜子龙、曹萌的《禁毁与传播——关于明清小说的一种另类传播方式》,樊庆彦的《〈水浒传〉在明清时期的禁毁与传播》;或从文化角度来进行分析,如赵维国的《书籍禁毁:一种文化现象的观照——兼论俗文学范畴的戏曲小说禁毁》、郭守运的《明代禁毁小说的文化伦理诉求》;或分析禁毁的效果及影响,如王红的《明清禁毁小说政策对小说发展的影响研究》、谢桃坊的《中国近代禁毁小说戏曲的得失》;或分析禁毁小说所体现的意识形态和价值观念,如胡海义、程国赋的《论乾隆朝小说禁毁的种族主义倾向》,颜珺的《明清之际禁毁小说婚恋观探微——从越礼逾制到持正守节的婚恋文化突变》等。

从目前现有成果来看,学界对禁毁史料和书目进行了较为系统完整的搜集整理,已出版了相关的小说书目和介绍性书籍,也有小说文本的系列丛书,这些都为研究禁毁小说提供了基础。这些成果虽对清代禁毁小说的情况有总体性的介绍和概述,对禁毁原因、禁毁效果、禁毁所体现的文化诉求等有相关论述,对现存禁毁小说的文本内容进行了分析,对清代禁毁小说政策和措施对小说发展的影响也有探讨,但仍存在不足之处需要继续拓展和深入,具体表现在以下几个方面:

一是史料方面,康熙朝至雍正朝发布了多次禁毁小说令,但所禁的具体书目均无从得知,有关实施禁毁小说的具体行动和效果以及对小说发展产生影响的直接材料缺乏;乾隆朝的禁毁小说与文字狱及宽泛意义上的禁书运动相关联,虽从当时的违禁书目中可看到部分被禁小说的书名,但专门的禁毁小说书目以及举措仍无法看到;嘉庆朝之后的禁毁小说内容主要与社会动乱、维护治安有关,禁毁的具体书目及实行情况较前清楚,但对小说发展影响的"一手"资料仍很少。这些资料都需要进一步挖掘、搜集和整理。

二是已有研究对清代禁毁小说的总体情况叙述得比较清楚,但没有更细致地分析清代各个时期的不同特点，对各时期小说禁毁的背景、原因、实施过程、具体特征、所包含的社会文化意义、各时期之间小说禁毁的承续关系及新的变化等，尚缺乏系统、充分和深入的研究。

三是研究深度还不够，尤其是关于禁毁小说与小说的发展、传播接受的关系，禁毁的小说的价值等尚未得到充分研究。

四是分析禁毁小说现象时，对政治文化政策的复杂性、民族关系的变迁等，考虑不够全面充分，应将禁毁小说史与政治、文化史综合考察。

总的来说，对清代禁毁小说较为全面细致的探讨和研究有待进一步梳理与深入。

本书的研究对象是清代的小说禁毁，旨在全面细致地考察清代小说禁毁的整体进程、特征和规律性，分析其对小说发展的影响。因此，以整个清代的小说禁毁为研究对象，而不仅仅是某段时期的情况，时间上从顺治元年（1644）开始，下至 1912 年宣统帝正式退位，清朝灭亡为止。笔者拟通过全面系统地梳理清代各时期小说禁毁的情况，联系满汉关系的变迁和文字狱等，考察清代小说禁毁的历史进程和特点规律，分析小说禁毁与小说发展的关系，具体切实地研究清代小说禁毁如何影响小说的创作、刊刻、流传及接受，以期更好地理解小说禁毁的影响。此外，从小说禁毁入手，反思、探讨清代小说史，认识小说禁毁对小说发展的影响，既能从新的角度分析清代小说的创作、传播和接受等现象，更加全面地理解当时小说发生发展的规律；又能通过禁毁文化更好地了解清代社会的政治思想及学术文化，增进对清代文化政策的认识，总结历史经验。

关于小说禁毁的概念，本书所使用的"小说禁毁"与"禁毁小说"有所区别。"禁毁小说"主要包括两层意思：一是动词性的含义，即对小说进行禁毁的政策、行为和思想言论以及相关现象；二是名词性的含义，即被禁毁的小说（作品），正如王彬在《清代禁书总述》一文中所说的，"禁书就是国家通过行政手段而禁止刊印、流布、阅读的书籍"①。本书不侧重于讨论具体作品内容，而主要研究第一层含义上的"禁毁小说"，遂以"小说禁毁"为题，明确研究范围和对象。此外，还需注意一点，所谓的"淫词小说"有时不仅仅指小说，还可能包括戏曲这种文体。清代禁毁小说和禁毁戏曲运动并不是泾渭分明的，有的时候"小说"一词不仅仅指小说这种文体，也包括戏曲文本。小说与戏曲本来就是相互影响的两种文体，很多小说被改编成戏曲或为剧本提供了素材，因此在禁毁书目中，二者也往往混同并列，如道光十八年（1838）颁布的《计毁淫书目单》里小说、戏曲混同并列，难以辨认，同治七年（1868）丁日昌查禁的"淫词小说"里也包括了《西厢》等戏曲文本，其中还有一些作品的文本属性很难界定，无法具体确切地归为小说或者戏曲。

本书主要从历时性的角度对各不同阶段小说禁毁与小说发展的情况进行实证性研究，先将清代小说禁毁的过程根据其变化发展的实际划分为五个既相对独立又互有关联的阶段做具体细致的分析，再研究其对清代小说发展所产生的影响。因此，本书内容主要包括以下两点：一是分析每个阶段小说禁毁的状况。这包括从当时的满汉关系、文字狱等政治、社会背景来分析禁毁的原因，梳理各阶段关于禁毁小说的中央法令和地方法令，以及禁毁小说的类型和书目，探讨小说禁毁的效果等。二是研究小说禁毁对小说创作、刊刻、传播的具体影响。小说禁毁阻碍了小说的发展，但是某种程度上也有促进作用，如影响作者对题材的选择和处理，催生了新的艺术手法和创作方法，出现了新的刊印方式等。通过分析小说禁毁对小说发展的影响，进而更深入地了解清代小说禁毁的总体特点和规律性。

蔡瑜清
2022 年 1 月 10 日

---

① 王彬：《清代禁书总述》，北京：中国书店，1999 年，第 1 页。

目　录

第一章　清代小说禁毁的过程

中国古代小说禁毁的历史从明代开始。据明末清初著名学者顾炎武在札记《日知录之余》卷四《禁小说》中记载，最早对小说采取禁毁行动的是明正统七年（1442），国子监祭酒李时勉上疏奏请禁止《剪灯新话》。《日知录之余》摘自《英宗实录》曰：

> 正统七年，二月辛未，国子监祭酒李时勉言："近有俗儒，假托怪异之事，饰以无根之言，如《剪灯新话》之类，……若不严禁，恐邪说异端，日新月盛，惑乱人心；乞敕礼部，行文内外衙门，及调提学校佥事御史，并按察司官，巡历去处，凡遇此等书籍，即令焚毁，有印卖及藏习者，问罪如律，庶俾人知正道，不为邪妄所惑。"从之。①

从上述文字可知，此次禁毁是国子监祭酒李时勉提出的。当时官方禁小说的原因是认为《剪灯新话》之类的小说是"邪说异端"，但已经流传甚广，市井轻浮之徒争相诵习，经生儒士也不讲正学而日夜记忆这些小说，因此，统治者认为，如果不加以禁毁，"恐邪说异端，日新月盛，惑乱人心"。但值得注意的是，该禁令所禁毁的小说《剪灯新话》成书于洪武前期，至正统七年（1442）已流传了六

---

① （清）顾炎武撰，黄汝成集释，栾保群、吕宗力校点：《日知录集释（全校本）》，上海：上海古籍出版社，2006年，第2018-2019页。

十多年，早已深入人心，形成广泛影响，此时朝廷才发布禁令，禁毁效果必然不理想。万历三十年（1602）十二月，礼部又提出禁止在奏议里使用小说语言的主张，"不得间写古字，用语必出经史，不得引用子书，及杂以小说俚语"①。这条禁令没有提及具体的小说书目，但表明了统治阶级对小说的态度。崇祯十五年（1642）四月十七日，刑科给事中左懋第为陈请焚毁《水浒传》题本载：

> ……而贼必因以为名，据以为薮泽者，其说始于《水浒传》一书。……不但邪说乱世，以作贼为无伤，而如何聚众竖旗，如何破城劫狱，如何杀人放火，如何讲招安，明明开载，且预为逆贼策算矣。臣故曰：此贼书也。……《水浒传》一书，贻害人心，岂不可恨哉！②

此次禁令的提出有事实依据，当时李青山等人啸聚梁山，山左的莲妖之变也是自梁山一带兴起，刑科给事中左懋第认为他们是效仿梁山好汉，认定《水浒传》为煽动暴乱的贼书，所以必须予以禁毁。随后，崇祯十五年（1642）六月二十三日，据《兵部为梁山寇虽成擒仍严禁〈浒传〉等事》③记载可知，朝廷又下令烧毁《水浒传》及其原版，凡坊间家藏《水浒传》及其原版，尽令速行烧毁，不许隐匿。明文记载的有明一代共有上述四次禁书活动，但声势并不浩大，且这些禁令都具有相对滞后性，或惩戒性不强，因此并没有对社会和小说的发展造成明显的影响。

清朝定鼎以后，在长达两百多年的时间里，掀起了一次次禁书运动，颁布了近30条禁毁小说的中央法令，还有各种地方禁毁法

---

① 《大明神宗显皇帝实录》卷三百七十九，转引自王利器：《元明清三代禁毁小说戏曲史料》，上海：上海古籍出版社，1981年，第16页。
② 王利器：《元明清三代禁毁小说戏曲史料》，上海：上海古籍出版社，1981年，第16－17页。
③ 《明清内阁大库史料》（第一辑），沈阳：东北图书馆，1949年，第429－430页。

令，各家族、书院也响应朝廷的号召，制定各种官箴、乡约、清规等，以加强对思想文化的控制，宣扬主流文化，以维护其政权统治。清廷的禁书种类到底有多少，史无明文，目前可见的各种对禁书目录的记载多有重复或遗漏。据王彬主编的《清代禁书总述》和王利器辑录的《元明清三代禁毁小说戏曲史料》所载，清代共禁书3 236种，其中小说约170 种。而禁毁小说作为清代文化专制政策的一部分，跟当时的国内外政治形势、民族矛盾、社会治安情况、风俗风化和文化环境等都密切相关。因此，随着历史的演进，尤其是社会主要矛盾的演变，在清朝不同阶段，小说禁毁的原因、朝廷下达的禁毁政令、禁毁的强度和处理方式、禁毁的小说类型等都有所变化。根据清代小说禁毁的阶段性，笔者主要分五个时期来分析清朝的小说禁毁历程。

第一节　顺治朝至康熙朝前期的小说禁毁

清朝入关后至康熙朝前期，全国尚未完全统一，统治者一直忙于对付南明小朝廷，以及各地风起云涌的抗清斗争和农民起义。几十年间战事不断，这一时期清政权不稳固、经济不发达、社会不安定，南明势力尚存，明朝降将人心不稳、尚有仇清复明的思想，满汉之间的民族矛盾也比较尖锐，此时若肆意杀戮、一味压制，只会适得其反。在这样的政治局势下，清廷主要采用了各种怀柔政策以笼络人心，包括礼遇明室君臣、举行科举笼络士人、收买人心等，政风相对宽和，小说发展的环境也就比较宽松。

清廷收拢人心、稳固政权、缓和民族矛盾的一个重要举措是积极学习汉民族文化，把各种用汉文写就的书籍翻译成满文。清初，满族的官员大多不识汉文，这给缓和满汉民族矛盾、统治全国民众带来了极大不便。因此，统治者不仅自己学习汉文、通晓汉语，而且在未入关之前就设置了文馆，组织翻译汉文书籍。昭梿所著的史料笔记《啸亭续录》卷一《翻书房》云："崇德初，文皇帝患国人不识汉字，罔知治体，乃命达文成公海，翻译《国语》《四书》及《三国志》各一部，颁赐耆旧，以为临政规范。"① 王嵩儒在《掌固零拾》卷一《译书》亦记载："本朝未入关之先，以翻译《三国演义》为兵略，故其崇拜关羽，其后有托为关神显灵卫驾之说，屡加封号，庙祀遂遍天下。"② 入关以后，清廷又在太和门西廊下设翻书房，继续汉译满的工作，"凡《资治通鉴》《性理精义》《古文渊鉴》诸书，皆翻译清文以行。……有户曹郎中和素者，翻译绝精，其翻《西厢记》《金瓶梅》诸书，疏栉字句，咸中綮肯，人皆争诵焉"③。从以上几处记载可知，清朝定鼎之初，翻译学习的对象不仅有"四书"、《资治通鉴》等所谓正统文学，而且有《三国演义》这一类通俗小说，甚至有后来屡次被禁、被界定为"诲淫"的《金瓶梅》。一向被主流意识所鄙视的通俗小说在此时得到统治阶级的正视，其译文甚至广受好评。清初的几代统治者都是通俗小说的爱好者，吸收这些小说的有用成分并为己所用。正如清人魏源在《圣武记》所说："额勒登保，初以侍卫从超勇公海兰察帐下，每战辄陷阵，海公曰：'尔将材可造，须略识古兵法'，以翻清《三国演义》授之，卒为经略，荡平三省教匪。"④ 清人刘銮也记载道："张献忠之狡也，日使人说《水浒》《三国》诸书，凡埋伏攻袭皆效之。"⑤ 将《三国演义》翻译成满文并当作兵书使用，明显已经不仅仅是将它们当作荒诞不经的小说，此书在清初满人中的影响力可想而知。

然而，统治者从翻译而来的小说中得利的同时也会警惕其弊端，他们注意到小说对风化人心的影响力，认识到小说中的知识既可为

---

① （清）昭梿：《啸亭续录》，北京：中华书局，1980 年，第 396 页。

② （清）王嵩儒：《掌固零拾》卷一《译书》，转引自《近代中国史料丛刊·正编》，台北：文海出版社，1967 年，第 18 页。

③ （清）昭梿：《啸亭杂录》，北京：中华书局，1980 年，第 396 页。

④ （清）魏源：《圣武记》，北京：中华书局，1984 年。

⑤ 孔另境：《中国小说史料》，上海：上海古籍出版社，1982 年，第 23 页。

他们所用，也可为普通百姓所用，进而威胁到他们的统治。所以，清廷不可能一味纵容此类野史小说广泛流传。于是，清军未入关前，天聪九年（1635）四月，皇太极谕文馆诸臣曰：

> 朕观汉文史书，殊多饰词，虽全览无益也。今宜于辽、宋、元、金四史内，择其勤于求治，而国祚昌隆，或所行悖道而统绪废坠，与其用兵行师之方略，以及佐理之忠良，乱国之奸佞，有关紧要者，择实汇译成书，用备观览。至汉文《通鉴》之外，野史所载，如交战几合、逞施法术之语，皆系妄诞。此等书籍，传至国中，恐无知之人，信以为真，当停其翻译。①

这是目前可知的清朝关于小说禁毁的最早的政令。从中可见清初满人学习汉文化的举措，而他们对汉文小说的翻译是有所选择的，意识到"妄诞"的书籍会对社会造成不良影响，误导无知之人，进而影响国家统治。全盘接受虽然可以学习到汉族的优秀文化，但得不偿失，因此统治者要求停止翻译"妄诞"书籍。但是这条政令没有相应的惩治措施，也没有落到实处。此后，崇德年间文馆仍翻译了《三国演义》《金瓶梅》等野史小说并广为流传，由此可知此条政令的颁布在当时是很不合时宜的，其作用也微乎其微。与其说是政令，不如说是统治者对文化政策的见解。

入关以后到康熙朝前期，朝廷正式下达的禁毁小说的法令只有 2 条，分别是：顺治九年（1652）提准：

> 坊间书贾，止许刊行理学政治有益文业诸书；其他琐

---

① 王利器：《元明清三代禁毁小说戏曲史料》，上海：上海古籍出版社，1981 年，第 22 页。

语淫词，及一切滥刻窗艺社稿，通行严禁。违者从重
究治。①

此条法令与天聪九年（1635）的法令有三大不同之处：一是禁
毁的重点发生了改变，从禁止翻译到禁止刊行；二是禁毁的书籍类
型发生了变化，进一步明确严禁的是"琐语淫词"和"一切滥刻窗
艺社稿"；三是禁毁的力度有所增强，此前只是要求停止翻译，这次
明确提出"严禁""违者从重究治"。但是此次仍然没有指明具体的
禁毁书目，也没有相应的实际操作和惩治措施，这使得该条禁令难
以发挥实际作用，对社会产生的影响更是微不足道。不过，这条禁
令至少表明了统治者态度的转变，推行的文化政策由怀柔转向严厉。
对小说而言，宽松的发展环境正在逐步失去。

康熙二年（1663）议准：

嗣后如有私刻琐语淫词，有乖风化者，内而科道，外
而督抚，访实何书系何人编造，指名题参，交与该部
议罪。②

此时康熙帝尚未亲政，这条法令只是大致重申了顺治九年的要
求，同样没有指明具体的禁毁书目、相应的实际操作和惩治措施，
因此也没有造成更大的影响力。

因此，自清统治者入关到康熙朝前期，朝廷明令查禁的小说只
有《无声戏二集》和《续金瓶梅》两种。

《无声戏二集》著者是清代的李渔，是其所著的话本小说集

---

① （清）魏晋锡：《学政全书》卷七《书坊禁例》，转引自王利器：《元明清三代禁
毁小说戏曲史料》，上海：上海古籍出版社，1981年，第23页。
② （清）魏晋锡：《学政全书》卷七《书坊禁例》，转引自王利器：《元明清三代禁
毁小说戏曲史料》，上海：上海古籍出版社，1981年，第23页。

《无声戏》的第二集。《无声戏》又名《连城璧》，共两集十八回，成书于清顺治年间。顺治十三年（1656），任浙江左布政使的张缙彦出资刊刻了此书。尊经阁藏《无声戏》前有伪斋主人序。伪斋主人即本书刊刻者张缙彦。张缙彦原为明代兵部尚书，曾在安徽聚兵抗清，后降清。乾隆四十一年（1776）皇帝亲自下令编写的《贰臣传》卷十二载他人弹劾之文曰："缙彦仕明为尚书，闯贼至京，开门纳款，犹曰事在前朝，已邀上恩赦宥。乃自归诚后，仍不知洗心涤虑。"张缙彦编刊《无声戏二集》时，自称"不死英雄"。顺治十七年（1660），吏部尚书刘正宗被弹劾，张缙彦曾为刘正宗的《逋斋诗二集》作序，其中称刘为"将明之才"，被弹劾为有扶助明朝之意；后又有御史萧震弹劾张缙彦刻《无声戏二集》时自我标榜为"不死英雄"而煽惑人心。张缙彦因此被革职，追夺诰命，籍没家产，流徙宁古塔。后张缙彦死于此，《无声戏二集》也被禁止发行。作为明朝降臣，张缙彦受刘正宗牵连，加上他自称"不死英雄"而遭革职流徙，背后或许有清廷打击汉族降臣和消灭仇清复明思想的考虑。而《无声戏二集》本身并没有触犯统治者的忌讳，作者李渔也没有违禁行为，但此小说因刊刻者张缙彦之狱而蒙冤遭禁，实乃无妄之灾。这种连坐之罪在清朝文字狱中是很普遍的现象。

《续金瓶梅》是明遗民丁耀亢所著的小说。全书十二卷六十四回，现存顺治原刊本。《续金瓶梅》故事情节衔接《金瓶梅》，描写了原著主要人物后续或托生再世了前世因果报应的故事。全书围绕《太上感应篇》，每章回前均有引子，劝善戒淫；以北宋末年战乱为背景，描写了宋金战争以及百姓在战乱中所经历的种种灾难。丁耀亢，生于万历二十七年（1599），卒于清康熙八年（1669），山东诸城人，字西生，号野鹤，自称紫阳道人，后又称木鸡道人，享年七十一岁。饱尝明清易代战争所带来的伤痛，清朝定鼎以后，丁耀亢选择了仕清之路。然而他的仕途不顺，加上对朱明王朝仍有眷恋之情，于是借小说来抒写对清初统治者的愤恨以及对遭难百姓的同情。此书于顺治十七年（1660）首次刊行，康熙四年（1665）遭禁，丁耀亢因此被捕入狱，四个月后方得释放。书中虽然写的是宋金之事，但涉及清朝，因此遭人举报："经查阅该书，虽写有金、宋二朝之事，但书内之言辞中仍我大清国之地名，讽喻为宁国塔、鱼皮国等，据此，理应绞决丁耀亢。"[1] "书中叙写战乱有清兵南侵之迹，行文中竟出现'蓝旗营''旗下'的字眼；感兴亡，有'清平三百载，典章文物，扫地俱休'（第五十五回《满江红》词）类似吊明之语；演因果报应的故事情节中，也正寄寓着对卖国通敌者的鞭挞。"[2] 从这些文字可知丁耀亢在小说中用金兵来指代清兵，借宋金战争影射明清易代，寄托亡国之思。即使作者做了种种伪装，此书仍难逃禁毁的噩运。

从上述几起禁毁事件可知，清军入关至康熙朝前期，小说发展的环境还算宽松，朝廷禁毁小说的力度不大，共下达了两条禁毁小说的中央法令，禁毁了小说两种，即《无声戏二集》和《续金瓶梅》。禁毁的法令里提及"琐语淫词"，但实际上禁毁小说的原因并不是涉及淫秽，而主要是这两方面：一是内容确有涉及对待明清易代的消极态度情绪；二是有朝臣弹劾或仇家举报。而这一时期朝廷制造的文字狱只有黄毓祺之狱、张缙彦之狱、庄廷鑨之狱等重要的几起，此阶段的小说禁毁还没有正式成为文化专制的政策。然而这一切表明，从积极学习到禁止翻译再到禁止刊行，清朝禁书的序幕已经逐渐拉开了。

---

① 安双成：《顺康年间〈续金瓶梅〉作者丁耀亢受审案》，《历史档案》2000年第2期，第29－32页。

② 袁世硕：《续金瓶梅·前言》，《古本小说集成》，上海：上海古籍出版社，1990年，第2页。

第二节　康熙朝中后期至雍正朝的小说禁毁

康熙二十年（1681）起，在消灭南明势力、勘定三藩之乱并撤藩、统一台湾之后，清朝的政权逐渐稳固，农业经济进一步发展，从清初的凋敝状态中恢复和发展起来，人口增加，朝廷遂逐渐强化中央集权政治，并且有更多的余力来加强对思想文化领域的控制。为了巩固和加强封建专制统治，端正人心和社会风俗风化，并进一步消除汉民的民族意识和反清复明思想，朝廷在采用怀柔政策之余，也采用了各种高压政策，逐渐加大对思想文化的管制。

此阶段围绕加强君主集权而兴起了更为严厉的文字狱，残酷镇压具有反清思想的汉族人士。康熙五十年（1711）发生了牵涉戴名世、汪灏、方苞、方正玉、尤云鹗、方孝标等文人的"《南山集》案"，而雍正朝制造的文字狱更为残酷、频繁，短短十三年就有汪景祺之狱、查嗣庭之狱、屈大均之狱等至少8起重大案件。最大的文字狱是发生在雍正六年（1728）的震惊朝野的吕留良之狱。吕留良为明代遗民，明亡后，其著书多抒发民族感情，誓不仕清。继又削发为僧，坚持反清立场，于康熙二十二年（1683）死去。该案件的另一个关键人物曾静，受吕留良著作影响，反清思想日益激烈，常与吕留良的门生来往，欲借汉族将领的力量发动政变，后被川陕总督岳钟琪告密。吕留良及其子荷中、弟子严鸿逵已死，遭剖戮尸；其他子孙、学生都被处死或下狱；曾为吕留良建祠、刻书和藏吕氏著作者，也一律论死。雍正帝还将谕旨和曾静的供词合刊为《大义觉迷录》并颁示天下。此阶段朝廷兴起文字狱、禁毁诗文著作主要是因为满汉民族矛盾，也有一部分是政治原因。文字狱打击的对象是具有民族主义意识的反清人士和反对封建专制统治的思想异端的学者，这与下文将要论述的小说禁毁的情况有所不同。

与此同时，清朝的小说禁毁运动也全面展开，此阶段朝廷前后共下达了 6 条小说禁毁的中央法令，禁毁的对象主要是"淫词小说"。这阶段禁毁小说的运动是先从地方倡导开始的。康熙二十五年（1686），江苏巡抚汤斌下达了《严禁私刻淫邪小说戏文告谕》，指出当时江苏一带书籍刊刻、售卖的情况，坊贾"惟知射利，专结一种无品无学、希图苟得之徒，编纂小说传奇，宣淫诲诈，备极秽亵，污人耳目"①，严禁江苏书坊编次、刊刻、发卖各种宣淫诲诈、伤风败俗的书籍。这次由地方主持的禁毁运动，大力打击了江南地区的刻书业。康熙二十六年（1687）刑科给事中刘楷上疏奏请对一切淫词小说立毁旧版、永绝根株，同年皇帝议准：

> 书肆淫词小说，刊刻出卖共一百五十余种，其中有假僧道为名，或刻语录方书，或称祖师降乩，此等邪教惑民，固应严行禁止；至私行撰著淫词等书，鄙俗浅陋，易坏人心，亦应一体查禁，毁其刻板。如违禁不遵，内而科道五城御史，外而督抚，令府州县官，严行稽察题参，该部从重治罪。②

这是朝廷第一次下达法令明确提出禁止刊刻售卖淫词小说，同时明确了违禁的相应惩处措施。此后，据清光绪年间延煦等编的《台规》和《大清圣祖仁皇帝实录》记载，康熙四十年（1701）、康熙四十八年（1709）八月朝廷虽又下令严禁淫词小说，但都没有多大的效力。直到康熙五十三年（1714）四月，圣祖谕礼部：

> 朕惟治天下，以人心风俗为本，……近见坊间多卖小

---

① （清）汤斌：《汤子遗书》卷九《苏松告谕》，转引自王利器：《元明清三代禁毁小说戏曲史料》，上海：上海古籍出版社，1981 年，第 100 页。
② （清）魏晋锡：《学政全书》卷七《书坊禁例》，转引自王利器：《元明清三代禁毁小说戏曲史料》，上海：上海古籍出版社，1981 年，第 25 页。

说淫词，荒唐鄙俚，殊非正理；不但诱惑愚民，即缙绅士子，未免游目而蛊心焉。……寻议定凡坊肆市卖一应小说淫词，在内交与八旗都统、都察院、顺天府，在外交与督抚，转行所属文武官弁，严查禁绝，将板与书，一并尽行销毁。如仍行造作刻印者，系官革职，军民杖一百，流三千里；市卖者杖一百，徒三年。该管官不行查出者，初次罚俸六个月，二次罚俸一年，三次降一级调用。①

这是清廷第一次正式颁旨严禁淫词小说，完善了康熙二十六年（1687）的法令，并确定了各衙门的职责和各种情况下的严厉惩处措施，不仅刻书、卖书的人会遭受惩处，奉行不力的官员也会被罚俸甚至降级。后来朝廷更是将此条令列入大清律例，以法律形式将禁毁淫词小说的政令固定下来，增强了禁毁的力度和有效性。而雍正朝只有两起禁毁小说的事件：雍正二年（1724）奏准：

凡坊肆市卖一应淫词小说，在内交与都察院等衙门，转行所属官弁严禁，务搜板书，尽行销毁；又仍行造作刻印者，系官革职，军民杖一百，流三千里；市卖者杖一百，徒三年，买看者杖一百；该管官弁不行查出，按次数分别议处；仍不许借端出首讹诈。②

此则政令基本上重申了康熙五十三年（1714）的政令，并增加了对买、看淫词小说之人的惩处，可见禁毁的范围又扩大了。上文提到，明万历三十年（1602）有禁止在奏章中使用小说语言的政令，

　　①《大清圣祖仁皇帝实录》卷二百五十八，转引自王利器：《元明清三代禁毁小说戏曲史料》，上海：上海古籍出版社，1981年，第27页。
　　②（清）延煦等：《台规》卷二十五，转引自王利器：《元明清三代禁毁小说戏曲史料》，上海：上海古籍出版社，1981年，第32页。

清代前期虽没有明确文献记载，但应当也有此类禁令，有一个事件可为佐证。雍正六年（1728）二月，护军参领郎坤因在奏章中有"明如诸葛亮，尚误用马谡，臣焉敢妄举"之语，被加上"援引小说陈奏"的罪名，受到"革职，枷号三个月，鞭一百发落"的严厉处置①。郎坤因陈奏时援引《三国志》小说之言而遭革职，皇帝谕内阁将其严审惩处，以此为好引用小说者之戒。雍正朝在兴起文字狱方面更为严厉频繁，但是在小说禁毁方面没有大的变化，禁毁的小说类型、查毁书籍的方式、惩处的力度等基本沿袭康熙朝中后期的政策。

从以上各禁令可知，法令中最常出现的字词是"败坏风俗""蛊惑人心""愚民"等，这是当时统治者最顾忌的地方。可见从康熙朝中后期到雍正朝，此阶段小说禁毁的目的比较明确，旨在正人心、淳风俗。统治者禁毁的对象以淫词小说为主，禁毁的环节涉及刊行到售卖，并进一步明确了各衙门的职责和违令后的刑事惩处措施，试图以法律的力量来扼杀异端文化、引导人心以稳固封建专制统治。从第一阶段的禁止翻译、刊行，到此阶段增加了禁止售卖、买看，从针对性不强的禁毁到明确禁毁淫词小说，可见禁毁的范围和力度在加大，禁毁的对象和标准也逐渐明确清晰。清朝的小说禁毁运动在康熙朝中后期全面展开，颁布禁毁小说政令已经成为清朝文化专制的政策。遗憾的是，目前看不到此阶段的各种禁毁小说书目。康熙二十六年（1687）的法令中有提到一百五十余种淫词小说，但具体的书目没有列出，或是已湮灭不可察，而康熙四十年（1701）、康熙四十八年（1709）、康熙五十三年（1714）及雍正年间所禁的小说书目更是无从得知。

---

① （清）奕赓：《佳梦轩丛著》，转引自王利器：《元明清三代禁毁小说戏曲史料》，上海：上海古籍出版社，1981年，第36页。

第三节　乾隆朝的小说禁毁

乾隆帝在位期间，清朝达到了康乾盛世的最高峰，国力强盛，进一步完成多民族国家的统一，社会经济文化进一步发展，国库资金存储最高达到 7 800 万两白银，"是为国朝府藏之极盛"①，财力、人力、物力雄厚。而乾隆帝专断独权、好大喜功，不仅要权力绝对集中，而且要世人皆服从他一人甚至将其奉为神圣，不允许有不满、轻忽之意。如此的主客观形势，导致乾隆朝在文化专制方面更为残酷苛刻，甚至造成一种万马齐喑的局面。

其实，乾隆帝即位之初，也曾改变雍正帝治政从严之风，效法康熙帝治政从宽，在文化管制方面还是颇为留情的。但乾隆十六年（1751）发生了涉及范围广、影响程度深的"伪孙嘉淦奏稿案"。乾隆帝下令追查，缉捕涉事人数上千，因查办不力而被降级甚至革职的督抚大员竟有十几名，乾隆帝为此案所发上谕，见诸实录的即有三万言之多。这样大规模的文字狱在历史上是罕见的，已预伏着尖锐的社会矛盾。其后清朝的文字狱更加频繁，逐渐进入高潮乃至登峰造极的地步。乾隆一朝制造的文字狱主要有乾隆二十年（1755）的胡中藻之狱、乾隆四十一年（1776）的沈德潜之狱、乾隆四十三年（1778）的徐述夔之狱、乾隆四十六年（1781）的尹嘉铨之狱等。这些文字狱很少有真正因为反对清朝统治而罹祸的，大多是触犯了统治者的忌讳、用字不慎不当等。乾隆在位六十年所制造的文字狱，比其他皇帝更为惨酷，规模也更大，文网严密，吹毛求疵甚至无中生有。对于文学、文化发展史而言，更大的灾难是每一次文字狱的兴起，无不伴随着大批图书的禁毁，如"应毁钱谦益著作书目""应毁屈大均著作书目""应毁徐述夔悖妄书目"等，往往只要

---

① （清）魏源：《圣武记》，北京：中华书局，1984 年，第 473 页。

此人有一处悖妄，那他的所有著作不分好歹全都一并抹杀。"清代的禁书史也就是一部血泪斑斑的文字狱之史。"①

比文字狱更具毁灭性的是《四库全书》的纂修。乾隆三十八年（1773），在乾隆帝的主持下，纪昀等 360 位高官、学者开始纂修《四库全书》，耗时十三年编成。一场延续至乾隆五十七年（1792）的大型查禁书籍活动也随之开始了。在编修《四库全书》的同时，对书籍进行焚毁、删削、篡改，这是书籍的一场整合，也是书籍的一场浩劫。一开始乾隆帝的口吻颇为宽松，劝诱与威胁相结合，"凡有字义触碍，乃前人偏见，与近时无涉。其中如有诋毁本朝字句，必应削板焚篇，杜遏邪说，勿使贻惑后世。然亦不过毁其书而止，并无苛求。朕办事光明正大，断不肯因访求遗籍罪及收藏之人"②。但随着违碍书籍查缴工作的深入，乾隆帝的要求更为苛刻严密，在乾隆四十一年（1776）、乾隆四十三年（1778）、乾隆四十四年（1779）、乾隆四十六年（1781）都多次重申禁书之令。由统计《文津阁四库全书》、《四库禁毁书丛刊》、姚觐元辑《清代禁毁书目四种》、孙殿起编《清代禁书知见录》以及王彬主编《清代禁书总述》可知，这套丛书共收入书籍 3 400 余种，其中子部收入小说家类 123 种和小说家类存目 196 种；共禁毁书籍 3 000 余种，其中小说 14 种。刊布的各种禁书目录有：四库馆奏准禁毁书目 326 种，军机处奏准禁毁书目 970 多种，各省奏徼违碍书目、禁书总目、外省移咨应毁书目 2 621 种，等等，各种禁书目录多有重复。江浙地区成为查缴的重点地区。这场禁书运动，调动的衙门从中央到地方都有所涉及，禁毁的书籍类型主要有诗文集、史著、杂著、奏疏等，声势浩大，影响深远。

伴随着惨酷的文字狱和《四库全书》的编纂，乾隆朝的禁书活

---

① 王彬：《清代禁书总述》，北京：中国书店，1999 年，第 10 页。
② 王彬：《清代禁书总述》，北京：中国书店，1999 年，第 12 页。

动更为变本加厉。而在文字狱的压抑阴影下，清廷尤其是乾隆朝的禁书标准也愈发明确清晰，主要有关于明朝的史料档案、涉及北方少数民族的体现种族意识的书籍、触犯清廷皇权忌讳的书籍，这些都被乾隆帝归为违碍一类，是必须严禁焚毁的。但是具体查缴时并没有统一的标准，导致负责查禁的官员往往断章取义、牵强附会，甚至望文生义、无中生有，使得销毁的范围大大扩大。需要注意的是，制造文字狱和纂修《四库全书》时，所禁毁的主要是包括诗文、史著在内的正经著作，小说、戏曲并不是禁毁的重点。小说，尤其是通俗小说的"不入主流"，在此处反倒成了万幸之事，令它们不像诗文、史著一样在这场浩劫中惨遭焚毁，而能够尽量远离灾难祸乱，得以留存。

小说虽然不是乾隆朝查禁的重点，但是并不意味着它们在动荡的文化环境中能独善其身。乾隆朝在纂修《四库全书》之前，正式下达了至少三条禁毁小说的中央法令。乾隆三年（1738）议准：

> 盖淫词秽说，最为风俗人心之害，例禁綦严。但地方官奉行不力，致向存旧刻销毁不尽；……列诸市肆，租赁与人观看。若不严行禁绝，不但旧板仍然刷印，且新板接踵刊行，实非拔本塞源之道。……
>
> 凡民间一应淫词小说，除造作刻印，《定例》已严，均照旧遵行外；凡有收存旧本，限文到三个月，悉令销毁。如过期不行销毁者，照《买看例》治罪。其有开铺租赁者，照《市卖例》治罪。……如该管官员任其收存租赁，明知故纵者，照《禁止邪教不能察缉例》。降二级调用。①

---

① 《劝毁淫书征信录》，转引自王利器：《元明清三代禁毁小说戏曲史料》，上海：上海古籍出版社，1981年，第41-42页。

乾隆帝即位之初效法康熙帝治政以宽，乾隆三年下达的这条法令，正是查看了康熙五十三年（1714）的定例加以参照制定的。与之前康雍朝所颁布的法令相比，此条法令不仅禁止刻印、买看、市卖淫词小说，而且增加了禁止"开铺租赁"的相关内容。租书是普通平民接触小说的重要途径。《生涯百咏》卷一《租书》写道："藏书何必多，《西游》《水浒》架上铺；借非一瓻，还则需青蚨。喜人家记性无，昨日看完，明日又租。真个诗书不负我，拥此数卷腹可果。"① 而乾隆三年的这条禁令，正是看到了租书的普遍性，将其纳入禁止之列，再次扩大了禁毁的范围，进一步阻断了民众接触"淫词"小说的各种途径。同年，刑部响应皇帝的议准，奉旨颁行了相应的刑事处罚，贯彻执行皇帝的禁令。乾隆十八年（1753）七月，上谕内阁：

> 满洲习俗纯朴，忠义禀乎天性，原不识所谓书籍。……近有不肖之徒，并不翻译正传，反将《水浒》《西厢记》等小说翻译，使人阅看，诱以为恶。甚至以满洲单字还音抄写古词者俱有。似此秽恶之书，非惟无益；而满洲等习俗之偷，皆由于此。如愚民之惑于邪教，亲近匪人者，概由看此恶书所致，于满洲旧习，所关甚重，不可不严行禁止。……将原板尽行烧毁。②

乾隆帝甚至将满洲纯朴习俗的丢失归咎于这些所谓的"秽恶"之书，认为邪教匪人之乱也是因为观看此等恶书所致。这个态度早在清初皇太极的政令中就出现过。乾隆末年爆发了白莲教大起义，

---

① 《生涯百咏》卷一《租书》，转引自王利器：《元明清三代禁毁小说戏曲史料》，上海：上海古籍出版社，1981 年，第 37 页。
② 《大清高宗纯皇帝圣训》卷二百六十三《厚风俗》三，转引自王利器：《元明清三代禁毁小说戏曲史料》，上海：上海古籍出版社，1981 年，第 43 页。

其实早在乾隆前期尖锐的社会矛盾已经初露端倪。而乾隆十八年的这次禁毁，是清廷第一次明令提出禁毁《水浒传》这部小说。乾隆十九年（1754）在吏部的奏请下，乾隆又再次禁《水浒传》，将《水浒传》定为"教诱犯法之书"，要毁其书板，禁其扮演，一体严禁。而在制造文字狱和纂修《四库全书》的过程中，从乾隆三十八年到乾隆五十七年，几乎每年都有奏准禁毁书籍，尤其是乾隆四十三年江宁布政使刊布的《违碍书籍目录》和乾隆四十七年（1782）浙江布政使刊布的《禁书总目》中，都涉及少数的小说书目。

此阶段禁毁小说的行动跟文字狱、编纂《四库全书》密切相关，所以禁毁的标准与查禁诗文时大致相同，禁毁的对象主要是那些书中存在违碍文字、诋毁当朝字句的小说。据目前可见资料统计得知，乾隆朝共禁毁小说 15 种，其中有 10 种是创作于明末清初的历史演义小说和时事小说。大致如下①：

（1）《水浒传》，以诲盗之罪于乾隆十八年、乾隆十九年遭禁。存世版本较为复杂，大致有繁本与简本两个系统。

（2）《退房公案》，实即明刊《近报丛谭平房传》，乾隆四十三年江宁布政使刊发的《违碍书籍目录》和乾隆五十三年（1788）《军机处奏准全毁书目》皆收入此书。《近报丛谭平房传》有明崇祯三年（1630）刊本，现藏日本内阁文库。"退房公案"大概是入清以后刻本名。

（3）《剿闯小说》，亦名《剿闯小史》《剿闯孤忠小说》《馘闯小说》《忠孝传》，明代懒道人口授，葫芦道人署笔，书中有拥护南明的思想，称满人为"房"或"鞑子"，乾隆四十三年江宁布政使刊发《违碍书籍目录》收入此书。存世有南明弘光元年（1645）兴文馆刊本、清初刻本、清乾隆年间抄本、民国年间铅印本。

---

① 此简介根据《中国古代小说百科全书》《清代禁书总述》《中国禁毁小说百话》《清代各省禁书汇考》等综合整理而成。

（4）《樵史演义》，亦名《樵史》《樵史通俗演义》，或谓陆应旸撰，书中有违碍之处，乾隆四十三年江宁布政使刊发《违碍书籍目录》收入此书。存世有清初刻本。

（5）《定鼎奇闻》，亦名《新世弘勋》《盛世弘勋》《新史奇观》《顺治皇过江全传》《铁冠图全传》《新世弘勋大明崇祯传定鼎奇闻》，清顺治间蓬蒿子撰，全书以《剿闯通俗小说》为蓝本，"详载逆闯寇乱之因由，恭纪大清荡平之始末"（庆云楼刻本卷首题字），乾隆四十三年江宁布政使刊发《违碍书籍目录》收入此书。存世有清顺治八年（1651）庆云楼刻本、载道堂刻本，嘉庆十一年（1806）文渊堂刻本，光绪十八年（1892）文运堂刻本、姑苏稼史轩重刻本。

（6）《虞初新志》，清张潮编，"内有钱谦益、吴伟业著作，应铲除，抽禁"。乾隆四十三年江宁布政使刊发《违碍书籍目录》收入此书。存世有康熙年间刻本、乾隆年间刻本、嘉庆年间刻本、民国年间铅印本。

（7）《五色石传奇》，清徐述夔编述，成书于康熙前期或乾隆初年。徐述夔系文字狱中著名人物，其一切著作均遭禁毁，乾隆四十三年江宁布政使刊发《违碍书籍目录》收入此书。除八卷本外，另有《遍地金》四卷和《补天石》四卷，实即《五色石》之前四卷和后四卷，当为书贾割裂本书而改题书名。

（8）《八洞天》，清徐述夔撰，乾隆四十三年江宁布政使刊发《违碍书籍目录》收入此书。此书刊行后颇具影响，还被译成满文。

（9）《归莲梦》，苏庵主人新编、白香主人校正，乾隆四十四年（1779）湖北巡抚姚成烈、乾隆四十六年（1781）两江总督萨载均奏毁此书。存世有康熙、乾隆年间清得月楼刻本。

（10）《英烈传》，全名《皇明英烈传》，亦称《新刻皇明开运辑略武功名世英烈传》《官板皇明全像英烈志传》《绣像京本云合奇踪玉茗英烈传》，《绣像京本云合奇踪玉鼎英烈传》改题为《云合奇踪》。乾隆四十六年，湖南巡抚刘墉奏查禁毁此书。存世有明三台馆刊本、清怀德堂与英德堂刊本、金陵德聚堂刊本。

（11）《镇海春秋》，明代吴门啸客编，内容与《辽海丹忠录》近似，"事词指，俱多违碍"。乾隆四十六年，浙江巡抚陈辉祖奏缴禁毁此书。存世有崇祯刻本。

（12）《丹忠录》，亦名《辽海丹忠录》，陆人龙著，陆云龙序，成书于崇祯三年（1630），写辽东战事，真实再现明王朝和后金政权的争斗。乾隆四十七年（1782）浙江布政使刊发《禁书总目》收入此书。存世有崇祯翠娱阁刻本。

（13）《说岳全传》，清钱彩撰。以"有指斥金人语，词多涉荒诞"为由遭禁，乾隆四十七年浙江布政使刊发《禁书总目》收入此书。刊行于康熙二十三年（1684），存世有同治刻本。

（14）《精忠传》，因"多有未经敬避之字样及指斥金人之语"被禁毁，乾隆四十七年浙江布政使刊发《禁书总目》收入此书。存世有明黎光楼刻本、清光绪三十三年（1907）石印本。

（15）《蓬轩别记》，明杨循吉撰。此书载于《清代禁书知见录》，未知具体遭禁年份，能确定的是在纂修《四库全书》期间，即乾隆三十八年至乾隆五十七年间遭到禁毁。存世有顺治间《续说郛》本、明冯梦龙辑《五朝小说·明人百家小说》清初刻本。

可见，乾隆朝禁毁的这些小说，基本都是明末清初的时事小说，书中多存在违碍文字、诋毁当朝字句。

第四节　嘉庆朝至咸丰朝的小说禁毁

在中国历史上，白莲教等组织都曾兴起过多次起义，历代统治者都对其采取过严厉禁止和惨酷镇压。顺治三年（1646）六月，给事中林起龙奏："近日风俗大坏，异端峰起，有白莲、大成、混元、无为等教，以烧香礼忏，煽惑人心，或起异谋，请行严扑，处以重罪。"（《清史纲要》）乾隆中期以后，白莲教的组织得到迅速发展，到了乾隆后期，白莲教等"教乱"更是此起彼伏，随后引发了五省白莲教大起义。乾隆五十九年（1794）六月以后，朝廷对河南、安徽等地的白莲教展开了全面的镇压行动。随着各种社会矛盾日益激化，清朝由此开始自盛转衰。嘉庆朝面临着严峻的社会问题：经济发展迟滞、官吏贪污严重、民生凋敝等，更为迫在眉睫的是"教乱"问题。嘉庆元年（1796），川、楚、陕等地爆发了白莲教大起义，这次农民起义是当时规模最大的一次，历时九年，纵横四川、陕西、湖北、河南、甘肃五省，严重打击了清王朝的政权稳固和统治基础。这次白莲教农民起义虽然被残酷镇压了，但是耗费了朝廷大量财力、物力，极大地削弱了清政府的武装力量，沉重打击了清王朝的统治，统治者面临更严重的统治危机。

道光年间，政治昏暗的局面已积重难返，清朝国力更是每况愈下，尤其是道光二十年（1840）鸦片战争失败以后，《南京条约》赔款 2 100 万银圆，导致国库日益空虚，财政危机日益严重，政治上更是沦为半殖民地半封建社会，丧失独立自主的地位，清王朝逐渐没落。咸丰朝直至清末，爆发了太平天国农民大起义等内乱以及第二次鸦片战争，签订了《天津条约》《北京条约》等不平等条约。内有战乱、教乱，外有西方列强的侵略，内忧外患的局势使清王朝走向衰落。

嘉庆至咸丰年间，社会的主要矛盾已不再是满汉民族矛盾、阶级冲突等，而是日益严重的社会动乱危机。"嘉庆、道光二帝的政绩也许不为人称道，他们克勤克俭、甘于守拙的为政作风，使江河日下的封建王朝不见改革之风，错过了改善朝政澄清社会的时机。"[①]但是客观地说，嘉庆、道光二帝都称得上是勤政图治的君主，他们推行了诏求直言、广开言路、黜奢崇俭、严惩贪贿等一系列"实证"

---

① 朱诚如主编：《清朝通史》，北京：紫禁城出版社，2003 年，第 401 页。

的措施，奈何积重难返，已无力挽救每况愈下的清王朝。面对严峻的形势，朝廷一方面进行武力镇压，另一方面加强文化管制。此阶段朝廷已经不再制造严酷的文字狱，也没有精力、财力去纂修大型丛书和大规模地查禁各类书籍，从朝廷到社会舆论都认为：社会动乱的根源是风俗世道人心的败坏，而风俗世道人心的败坏很大程度是受小说、戏曲等通俗文化的鼓惑煽动。因此，朝廷变本加厉地对小说戏曲加以禁毁，兴起了几次大规模的禁书运动，大力宣传封建的纲常名教。

嘉庆年间，朝廷在武力镇压白莲教大起义的同时对白莲教及其支派的经卷也加以禁毁，包括《观世音菩萨普度授记皈家宝卷》《婚配训言》《九莲如意皇极宝卷真经》《三佛应劫书》《三教经》《三教应劫总观通书》《圣年广益》《十王经卷》《销释木人开山宝卷》《销释收圆行觉宝卷》《销释显性宝卷》《销释圆通宝卷》等。而彼时公案、侠义小说大为兴盛。白山在《灵台小补》之《梨园粗论》一文中道："夫盗弄潢池，未有不以此为可法，天王元帅，大都伏蠢动之机，更有平天冠、赭黄袍，教匪窥窃流涎；又是瓦岗寨、四盟山，盗贼争夺得志。专心留意，无非《扫北》；熟读牢记，尽是《征西》。《封神榜》刻刻追求，《平妖传》时时赞羡。《三国志》上慢忠义，《水浒传》下诱强梁。实起祸之端倪，招邪之领袖，其害何胜言哉？"[1] 这段话点明了当时教匪、盗贼猖狂的事实跟小说的关系，认定小说的煽动是社会动荡的重要原因。统治者也意识到这个问题，嘉庆七年（1802）十月，上谕内阁：

……今满洲非惟不能翻译，甚至清话生疏，不识清字，其粗晓汉文者，又以经史正文词义深奥，难以诵习，专取

---

① 《灵台小补》，转引自王利器：《元明清三代禁毁小说戏曲史料》，上海：上海古籍出版社，1981年，第358页。

各种无稽小说，日事披览，而人心渐即于偷，……更有编造新文，广为传播，大率不外乎草窃奸宄之事，而愚民之好勇斗狠者，溺于邪慝，转相慕效，纠伙结盟，肆行淫暴，概由看此等书词所致，世道人心，大有关系，不可不重申严禁。……将各坊肆及家藏不经小说，现已刊播者，令其自行烧毁，不得仍留原板，此后并不准再行编造刊刻，以端风化而息诐词。①

此条法令先是道出了一个现象：满人从入关以后开始学习汉文，翻译各种汉文书籍，到如今人皆略晓汉文，却反而不识清文清话，这使得他们更易受其影响而失去纯朴习俗，这也是统治者甚为顾虑的。此外，法令中出现了"无稽小说""不经小说"之类的词汇，表明朝廷禁毁小说的主要对象从"淫词小说"增扩到诲盗的"不经小说"，这也是针对当时教匪盗贼集结、结盟现象严重的形势而采取的无奈之举。此次明确提出禁毁的小说只有《水浒传》一种。嘉庆十五年（1810）六月，御史伯依保上奏请禁小说，嘉庆帝谕内阁准奏并要求即行销毁。此条谕旨中明令道出了禁毁的 5 种"好勇斗狠、秽亵不端"② 的小说，但皇帝也说"其名目尚不止如该御史所奏数种"，要求御史再行查禁。可惜这后续的禁毁书目既没有明确道出，也没有其他记载，如今已不可得知。此 5 种"好勇斗狠、秽亵不端"的小说分别是：③

一是《灯草和尚》。原题元临安高则诚撰，云游道人编次，明吴周求虹评。对禁欲主义和封建伦理道德进行了无情的嘲弄，但多淫

---

① 《大清仁宗睿皇帝圣训》卷十六《文教》，转引自王利器：《元明清三代禁毁小说戏曲史料》，上海：上海古籍出版社，1981 年，第 56 页。

② 《大清仁宗睿皇帝实录》卷二百三十，转引自王利器：《元明清三代禁毁小说戏曲史料》，上海：上海古籍出版社，1981 年，第 63 页。

③ 所列小说的内容简介根据《中国古代小说百科全书》《清代禁书总述》《中国禁毁小说百话》等综合整理而成。

亵描写。嘉庆十五年六月，御史伯依保奏请禁毁此书。存世有清和轩刊本、坊刊本。

二是《如意君传》。亦名《阃娱情传》，明徐昌龄撰。叙述唐武后的宫中秘事，色情描写颇为露骨。嘉庆十五年六月，御史伯依保奏请禁毁此书。存世有原刊本，民国年间石印本。

三是《浓情快史》。清代嘉禾餐花主人编次。杂采《如意君传》《素娥篇》等情节，讲述武则天的逸闻，多淫秽描写，暴露了封建王朝的各种宫廷丑闻。嘉庆十五年六月，御史伯依保奏请禁毁此书。存世有明末清初啸花轩刊本。

四是《株林野史》。清代痴道人编辑。嘉庆十五年六月，御史伯依保奏请禁毁此书。存世有四卷十六回刊本、上海小说社排印本。

五是《肉蒲团》。清代情痴反正道人编次，别题情隐先生编次。嘉庆十五年六月，御史伯依保奏请禁毁此书。存世有光绪年间排印本、石刻本。

嘉庆十八年（1813）十月，嘉庆帝下令禁毁稗官小说，认为"斗狠淫邪之习，皆出于此"[1]。随后，同年十二月，嘉庆帝又谕：

> ……稗官野史，大率侈谈怪力乱神之事，最为人心风俗之害，屡经降旨饬禁。此等小说，未必家有其书，多由坊肆租赁，应行实力禁止，嗣后不准开设小说坊肆，……至民间演剧，原所不禁，然每喜扮演好勇斗狠各杂剧，无知小民，多误以盗劫为英雄，以悖逆为义气，目染耳濡，为害尤甚。[2]

---

① 《大清仁宗睿皇帝实录》卷二百七十六，转引自王利器：《元明清三代禁毁小说戏曲史料》，上海：上海古籍出版社，1981年，第64页。

② 《大清仁宗睿皇帝实录》卷二百八十一，转引自王利器：《元明清三代禁毁小说戏曲史料》，上海：上海古籍出版社，1981年，第65页。

此处，朝廷注意到租赁小说是市民接触阅读小说的重要途径，因此不仅禁止坊肆租赁小说，还明令不准开设小说肆坊，不准民间演好勇斗狠的杂剧，意欲更决绝地阻断小说的传播途径。殊不知真正为民众所喜闻乐见的事物，靠强行遏制是难以禁止的。嘉庆间的法令中最频繁出现的字词是"好勇斗狠""不经小说"，与康熙、雍正朝阶段的"败坏风俗""淫词小说"大不相同。嘉庆以降，小说总体逐渐进入创作衰微期，但公案、侠义小说大为兴盛，处于水深火热之中的民众渴望侠义之士来救他们于水火之中，向往惩暴除恶、伸张正义、扶危济困的侠义精神，往往容易被侠义小说所煽动。而这正是统治者所忌惮的，认为好勇斗狠的愚民倾慕、效仿这些小说而肆行淫暴，进而导致严重的社会动乱，因此更大力度地对小说戏曲进行禁毁，兴起了几次大规模的禁书运动，大力宣传封建的纲常名教。

道光年间，社会动荡，政治昏暗，清王朝的国力每况愈下，各种社会危机动乱比嘉庆年间更为严重。道光十四年（1834），上谕内阁：

> ……近来传奇演义等书，踵事翻新，词多俚鄙，其始不过市井之徒，乐于观览，甚至儿童妇女，莫不饫闻而习见之，以荡佚为风流，以强梁为雄杰，以佻薄为能事，以秽亵为常谈；复有假托诬妄，创为符咒禳厌等术，蠢愚无识，易为簧鼓，刑讼之日繁，奸盗之日炽，未必不由于此。嗣后各直省督抚及府尹等，严饬地方官实力稽查，如有坊肆刊刻，及租赁各铺一切淫书小说，务须搜取板书，尽行销毁……①

---

① 《大清宣宗成皇帝实录》卷二百四十九，转引自王利器：《元明清三代禁毁小说戏曲史料》，上海：上海古籍出版社，1981年，第71页。

　　此处的"传奇演义"究竟是指哪些书？法令中未曾明言，但道光帝称其为"荡佚""佻薄""秽亵""奸盗"，可知禁毁的应当是《水浒传》《肉蒲团》之类的诲盗、诲淫的小说，而"符咒禳厌等术"当指白莲教之类的"邪教"所采用的符咒、祈祷、授人以静坐等传教手段。此条法令也只是重申之前的要求而已，甚至没有提出违禁的惩处措施。而且，从这条禁令，我们也可以看到两方面的现实情况：一方面是当时通俗小说在百姓中的盛行情况，市井之徒都乐于观览，甚至儿童妇女也都饱闻而习见之，可谓是妇孺皆知。也就是说，朝廷禁毁得越严厉，越从侧面体现出小说的流传和受欢迎程度。另一方面是当时社会和风俗人心的情况，教匪盗贼横行，作奸犯科之事不断出现，百姓"以强梁为雄杰"，"以秽亵为常谈"，而且白莲教仍在作乱，社会上盛行各种符咒祈祷之术。统治者认为，这一切局面的出现，传奇演义之类的小说难逃其责。

　　此阶段还有一个重要事件值得关注。道光十八年（1838）五月，苏郡设立了惜书局，专门收集、销毁淫书，这是继康熙二十六年（1687）江苏巡抚汤斌发布告谕严禁江苏书坊编次、刊刻、发卖各种宣淫诲诈、伤风败俗的书籍之后，清代又一次由地方政府主持的大规模禁毁小说运动，且声势更为浩大，收毁淫书一百余种，并板片二十余种。中央下达的政令虽然具有权威性，但往往不如地方政府实施的禁毁运动来得直接、有效。江苏按察使裕谦发布告示称"苏城肆坊，每将各种淫书翻刻市卖，并与外来书贾，私行兑换销售，及钞传出赁，希图射利，炫人心目，亵及闺房，长恶导淫，莫此为甚"，于是示谕"凡一应淫词小说，永远不许刊刻贩卖出赁，……设有公局收买，尔等旧存淫书板本，及淫画册卷，概行送局销毁，仍给价值，并免究问"。[①] 看得出，此次苏郡设公局收买淫书的举措还

---

　　① （清）余治：《得一录》卷十一之一，转引自王利器：《元明清三代禁毁小说戏曲史料》，上海：上海古籍出版社，1981年，第128页。

是比较人性化的，要求坊肆和藏书者主动将所藏淫书送到公局销毁，政府"仍给价值，并免究问"。这可谓抓住了唯利是图的书商、书坊主的心思。如果朝廷只是简单粗暴地销毁淫书，可能会引起逆反心理，有些书坊主会想方设法地藏匿此类书籍，但是如果有利可图就不一样，坊肆主将淫书上交公局，跟租赁售卖一样可以获利，又能避祸。所以地方府衙的这种威逼利诱的方式，使得这次禁书运动产生了较大影响。当然，肯定也有不少书商、书坊主不肯配合，毕竟收缴的不只书籍，还包括板片，即印刷书籍所用的雕版。板片是可以反复利用的，可以不断给书坊主带来利益，价值远非成书可比。此次收书局颁布了《计毁淫书目单》，共包括小说戏曲116种。兹列如下①：

《昭阳趣史》、《桃花影》、《七美图》、《碧玉塔》、《玉妃媚史》、《梧桐影》、《八美图》（即《百美图》）、《碧玉狮》、《呼春稗史》、《鸳鸯影》、《杏花天》、《摄生总要》、《风流艳史》、《隔帘花影》、《桃花艳》、《梼杌闲评》、《妖狐媚史》、《如意君传》、《载花船》、《反唐》、《春灯迷史》、《三妙传》、《闹花丛》、《文武元》、《浓情快史》、《姣红传》、《灯草和尚》、《凤点头》、《隋炀帝艳史》、《循环报》（即《肉蒲团》）、《痴婆子》、《寻梦桥》（即《醒世奇书》）、《巫山艳史》、《贪欢报》（即《欢喜冤家》）、《醉春风》、《海底捞针》、《绣榻野史》、《红楼梦》、《怡情阵》、《国色天香》、《禅真逸史》、《续红楼梦》、《倭袍》、《拍案惊奇》、《禅真后史》、《后红楼梦》、《摘锦倭袍》、《十二楼》、《幻情逸史》、《补红楼梦》、《两交欢》、《无稽谰语》、《株林野史》、《红楼圆梦》、《一片情》、《双珠凤》、《浪史》、《红楼复梦》、《同枕眠》、《摘锦双珠凤》、《梦纳姻缘》、《绮楼重梦》、《同拜月》、《绿牡丹》、《巫梦缘》、《金瓶梅》、

① （清）余治：《得一录》卷十一之一，转引自王利器：《元明清三代禁毁小说戏曲史料》，上海：上海古籍出版社，1981年，第134页。

《皮布袋》、《芙蓉洞》（即《玉蜻蜓》）、《金石缘》、《唱金瓶梅》、《弁而钗》、《乾坤套》、《灯月缘》、《续金瓶梅》、《蜃楼志》、《锦绣衣》、《一夕缘》、《艳异编》、《锦上花》（有解元吴文彦者）、《一夕话》、《五美缘》、《日月环》、《温柔珠玉》、《解人颐》、《万恶缘》、《紫金环》、《八段锦》（非讲玄门者）、《笑林广记》、《云雨缘》、《天豹图》、《奇团圆》、《岂有此理》、《梦月缘》、《天宝图》、《清风闸》、《更岂有此理》、《邪观缘》、《前七国志》（非《四友传》）、《蒲芦岸》、《小说各种》（福建版）、《诊痴符》、《增补红楼》、《石点头》、《宜春香质》、《桃花艳史》、《红楼补梦》、《今古奇观》（抽禁）、《水浒》（即《五才子》）、《子不语》（抽禁）、《丝绦党》、《七义图》、《何文秀》（新出改正真本不禁）、《西厢》（即《六才子》）、《三笑姻缘》、《花灯乐》、《野叟曝言》

这份书目中小说戏曲皆有，甚至有一些难以分清文体。这些被清廷归为"淫词小说"的书籍中，主要是艳情小说、才子佳人小说、世情小说等。其中，有成就斐然、广为流传的《红楼梦》及其续书，也有留存至今的《梼杌闲评》《弁而钗》《蜃楼志》等，还有一些已佚或不见记载的书籍，像《丝绦党》《花灯乐》《月月环》之类，其具体内容已不可知，甚至文体尚不明确。许是这次苏郡的禁书运动获得较好的反响，道光二十四年（1844）九月，浙江巡抚效仿苏郡，于仙林寺设公局收买淫书，杭州、湖州等地皆积极响应。此处公局收毁淫书的时间限定在九月初九日起，至九月十三日止。时间较紧迫，可见地方政府雷厉风行的作风。此次所开的《禁毁书目》[①]包括小说戏曲120种，与道光十八年（1838）苏郡所禁毁的书目大体一致，或者说在其基础之上有所增删。通过比较两个禁毁书目，可知此处禁毁共删去了6种小说戏曲，即《丝绦党》《七义图》《何文

---

① 《劝毁淫书征信录》，转引自王利器：《元明清三代禁毁小说戏曲史料》，上海：上海古籍出版社，1981 年，第 122 页。

秀》《三笑姻缘》《花灯乐》和《野叟曝言》，又增加了 10 种小说戏曲，即《何必西厢》《牡丹亭》《汉宋奇书》《寻梦托》《脂粉春秋》《风流野志》《情史》《北史演义》《女仙外史》和《夜航船》。

道光年间的这两次由地方主导的大型禁毁小说运动，与之前朝代所进行的禁毁运动相比，有两大"进步"之处：一是由地方设立公局，有了专门处理销毁小说的衙门，使得权力更集中、责任更明确；二是采用收购收买淫书的方法，不再只是单靠法令严厉禁止，而是威逼利诱，又免去主动上交淫书之人的责任。这正是看到了书贾坊主唯利是图又恐当其责的商人本色，看到当时印刷业、坊刻业的发达，认识到书商为牟利而刊刻书籍的行为为淫词小说的广为流传创造了机会。而这两次禁书运动发生在江浙一带，也有其现实原因。当时江浙的书坊业较为发达，"清代书坊最多者为北京，约有百余家，次为苏州，再次为广州"①。江浙地区是明清小说史上继福建建阳之后的第二个小说发展中心，其中心地位从明末一直持续到清末，共三百年左右，到近代才最终失去其地位。这些地方的官员也正是看到了当地小说刊印、传播的兴盛，才率先发起大型禁书运动。

咸丰元年（1851），湖南、四川等地黑簿教、红簿教、结草教、斩草教、捆柴教、青教等教匪猖獗。内忧外患的局势令咸丰帝捉襟见肘，且咸丰帝在位时间较短，只兴起了一次禁毁小说运动。咸丰元年七月，上谕军机大臣等：

> ……教匪充斥，……又有斋匪，名曰青教，皆以四川峨眉山会首万云龙为总头目，所居之处有忠义堂名号。其传徒皆用度牒，盖以图记，声气联络，往来各处，皆供给银钱饭食。每月按三六九期赴会，头目乘轿骑马，动辄数百人，抢夺淫掠，无所不止。……该匪传教惑人，有《性命圭旨》及《水浒传》两书，湖南各处坊肆皆刊刻售卖，

---

① 张秀民著，韩琦增订：《中国印刷史》，杭州：浙江古籍出版社，2006 年，第 390 页。

蛊惑愚民，莫此为甚。……将书板尽行销毁。①

　　从这条记载可以看出当时教匪的猖獗行径，他们设立忠义堂，这明显是从《水浒传》学来的。不过，他们只是借助梁山好汉的名号，非但做不到除暴安良，反而做尽抢夺淫掠、作奸犯科之事。文中提到的"斋匪"当指斋教，是由明教演变而成的秘密宗教组织，融合了白莲教的成分，明清两代流行于福建、浙江、江西等省。度牒是国家对于依法得到公度为僧尼者所发给的证明文件，拥有度牒者可以免除赋税、徭役，保护资产，所以当时假冒的出家人也很多。而统治者认为这一切又跟湖南等地坊肆刊刻售卖《水浒传》之类的书籍脱不了干系。于是，被认定为"海盗"第一书的《水浒传》再次被明令禁毁。另一部明确提到的书籍《性命圭旨》并非小说，而是阐述道教义理及丹道法则的道教书籍，相传出自尹真人弟子之手，前有万历四十三年（1615）余永宁序，此书或为明代著作。明清时期颇为流行，被奉为修持圣典。

　　嘉庆至咸丰朝，清廷从中央到地方共7次下令禁毁小说，禁毁的方式出现了新变化，除了朝廷下令禁毁，苏郡、杭州等地还设立公局收集、销毁淫书，进一步将小说禁毁的政令落实。小说禁毁的对象主要是《水浒传》一类的"不经小说"和各种淫词小说，即所谓的海盗、海淫小说。

第五节　同治朝至宣统朝的小说禁毁

　　鸦片战争后中国沦为半殖民地半封建社会，加上国内教匪猖獗、作奸犯科之事不断，社会各方面问题日益严重。同治朝、光绪朝的

---

　　① 《大清文宗显皇帝圣训》卷九十《靖奸宄》一，转引自王利器：《元明清三代禁毁小说戏曲史料》，上海：上海古籍出版社，1981年，第76页。

局势更是动荡不安，经济主权部分丧失，海陆边疆危机全面爆发，甲午中日战争掀起了列强瓜分中国的狂潮。内有战乱、教乱，外有西方列强的侵略，内忧外患、步履维艰成为走向衰落的清王朝的真实写照。同治、光绪朝，为了维护摇摇欲坠的统治，统治者一方面兴办实业、创办轮船招商局、发展民间资本，另一方面不忘加强思想文化领域的专制。维新派在民族危机之际，发动了戊戌变法运动，开始救亡图存之路。光绪二十三年（1897），康有为推动变法维新，其在《上清帝第五书》中称：朝廷若不及时变法，"皇上与诸臣虽欲苟安旦夕，歌舞湖山而不可得矣！且恐皇上与诸臣求为长安布衣而不可得矣！"舆论声势的迅猛发展推动了维新变法运动的实施，然而其政策的落实必然引发权力集团之间的激烈斗争，这场由光绪皇帝亲自领导的变法运动仅延续了百余天就被慈禧太后发动政变扼杀了。维新运动的失败，使中国损失一批热心于国家改革的精英和支持者，将中国推上了革命的道路。维新派宣扬改革思想，批判顽固保守的思想，具有重要的思想启蒙意义，但是民众基础薄弱，且措施力度过大，某些激进的宣传增加了社会阻力，失败也是历史的必然。

这样的政治局面激起统治者强烈的政权危机感，从而迫使其采取措施以牢牢掌握左右政局的主动权，并进一步加强思想文化领域专制，于光绪二十四年（1898）、光绪二十六年（1900）下旨禁毁维新派书籍，从朝廷到地方都企图做最后的挣扎。同治年间朝廷禁毁的书籍类型主要是淫词小说，而光绪年间禁毁的主要是维新运动人士所著的小说，然而在清末内忧外患的情况下，此阶段所进行的小说禁毁运动也成了强弩之末，禁毁法令并未达到预想的目的。

同治七年（1868），江苏巡抚丁日昌掀起了清朝最后一次大型的禁毁小说活动，设销毁淫词小说局，奏折称：

> 淫词小说，向干例禁，……《水浒》《西厢》等书，几于家置一编，人怀一箧。原其著造之始，大率少年浮薄，以绮腻为风流，

乡曲武豪，借放纵为任侠，而愚民鲜识，遂以犯上作乱之事，视为寻常。……近来兵戈浩劫，未尝非此等逾闲荡检之说，默酿其殃。若不严行禁毁，流毒伊于胡底。……合亟将应禁书目，黏单札饬，札到该司，即于现在书局，附设销毁淫词小说局，略筹经费，俾可永远经理。……①

同治七年三月，皇帝谕内阁的旨意中也提到该事件，"丁日昌奏设局刊刻《牧令》各书一摺"②。"牧令"是旧日时对地方长官的称呼，此处指丁日昌编辑的政书类丛书，有同治七年江苏书局刊本、同治十二年（1873）羊城书局刊本。该书实乃地方官执政掌权的指导性用书，可见丁日昌纠正时弊之苦心和禁毁淫词小说之决心。此次禁毁运动，在道光十八年（1838）五月苏郡设立惜书局的基础上更进一步，设立专门的销毁淫词小说局，针对性更强。而此次禁毁运动所开的《应禁书目》包括小说戏曲 122 种，基本沿用了道光二十四年（1844）的《禁毁书目》，在其基础上，删去了《绮楼重梦》一书，又增加了 3 种小说，即《龙图公案》《品花宝鉴》《红楼重梦》。其中，《龙图公案》实为评书，是嘉庆年间石玉昆说唱《三侠五义》的版本。狭邪小说《品花宝鉴》是道光二十九年（1849）出版的。《红楼重梦》当为《红楼梦》的续书，著者和成书刊刻时间均不详。除了上述小说，此次禁毁运动还列出了《小本淫词唱片目》③，包括 110 种戏文唱片，在此不一一赘述。与此同时，丁日昌又推行禁止开设戏馆、点演淫戏等举措。随后，据提调书局吴牧、承潞等禀告，尚有《钟情传》等漏网之鱼，均是淫词小说。于是同

---

① 《江苏省例藩政》同治七年，转引自王利器：《元明清三代禁毁小说戏曲史料》，上海：上海古籍出版社，1981 年，第 142 页。

② 《大清穆宗毅皇帝圣训》卷十《圣治》三，转引自王利器：《元明清三代禁毁小说戏曲史料》，上海：上海古籍出版社，1981 年，第 81 页。

③ 《江苏省例藩政》同治七年，转引自王利器：《元明清三代禁毁小说戏曲史料》，上海：上海古籍出版社，1981 年，第 148 页。

治七年四月，丁日昌又续查禁了 34 种淫书，分别是①：

《隋唐》《九美图》《空空幻》《文武香球》《蟫史》《十美图》《五凤吟》《龙凤金钗》《二才子》《百鸟图》《刘成美》《绿野仙踪》《换空箱》《一箭缘》《真金扇》《鸾凤双箫》《探河源》《四香缘》《锦香亭》《花间笑语》《盘龙镯》《绣球缘》《双玉燕》《双凤奇缘》《双剪发》《百花台》《玉连环》《巫山十二峰》《万花楼》《金桂楼》《钟情传》《合欢图》《玉鸳鸯》《白蛇传》

这 34 种淫书都是道光二十四年的《禁毁书目》所没有的，可见此次禁毁运动的标准更为严苛，影响也更为凸显。这 34 种淫书中，有才子佳人小说《锦香亭》《绣球缘》，也有《蟫史》② 这样的反映社会现实的作品，还有《百鸟图》《换空箱》《一箭缘》这类作品，其著者、内容和刊刻情况皆已无从得知。

同治十年（1871）六月，御史刘瑞祺奏请销毁小说书板，朝廷再次下令禁毁小说，重申要严行查禁各省书肆违禁刊刻、公然售卖的坊本小说，将书板全行收毁，不准再编造刊印，但是具体禁毁哪种、哪些小说，在法令中都没有明言。在清末内忧外患、危机四伏的情况下，这种禁毁法令也只能是强弩之末，并未达到禁毁的目的。同治十一年（1872）正月，朝廷查办军流徒以下人犯，拟定准减和不准减条款，其中说道：

> 军流徒不准减等条款一百四十六条：一、造刻淫词小说及抄房捏造言词录报各处，罪应拟流者。③

---

① 《江苏省例藩政》同治七年，转引自王利器：《元明清三代禁毁小说戏曲史料》，上海：上海古籍出版社，1981 年，第 148 页。

② 《蟫史》以清代中叶社会为背景，借神魔小说的形式，歪曲地反映了乾隆、嘉庆两朝时，在西南少数民族和川陕等地爆发的起义以及封建统治者对起义的镇压。此为长篇文言小说的代表作之一。

③ 《定例汇编》卷一百十九《名例》，转引自王利器：《元明清三代禁毁小说戏曲史料》，上海：上海古籍出版社，1981 年，第 83 页。

可见，造刻淫词小说的罪名是比较重的，不准减等。同治十三年（1874）十一月又重申此条法令。光绪十一年（1885）正月、光绪十六年（1890）三月、光绪二十六年（1900）三月又多次重申军流徒不准减等条款，多次强调造刻淫词小说、按罪应判流徒者不准减等。

光绪年间，朝廷禁毁的重点已经不再是淫词小说或诲盗之类的古典小说，而是宣扬新思想的维新派书籍。此类小说宣扬改革思想，批判顽固保守的思想，具有重要的思想启蒙意义，更为封建统治者所忌惮。朝廷为了肃清维新派的影响，大量禁毁维新派的书籍，于光绪二十四年（1898）、光绪二十六年下谕禁毁康有为、梁启超等的著作，下谕云：

> 学术乖谬，大悖圣教；其所著作，无非惑世诬民，离经叛道之言。著将该革员所有书籍板片，有地方官严查销毁，以息邪说而正人心。[①]

其中明确提出禁毁的有梁启超的小说《新中国未来记》以及游记《夏威夷游记》《新大陆游记》《印度游记》《意大利游记》等，直到宣统三年（1911）该禁令才撤销。然而维新运动以小说为宣传变法的工具，加上此时各种杂志报纸等新载体的出现，小说传播的途径更加丰富多样，传播的速度也更为迅猛。近代国人自办的很多报刊在创办之初就带有浓厚的政治色彩。改良派学会团体的活动和他们的报刊活动是相辅相成的，革命派也将报刊作为宣传民主革命思想的重要舆论阵地。光绪二十八年十月十五日（1902 年 11 月 14日）《新小说》第一号开始登载《新中国未来记》，无视光绪二十四年、光绪二十六年的禁令。各种新思想以星火燎原之势传播开来，

---

① 王彬：《清代禁书总述》，北京：中国书店，1999 年，第 127 页。

这使得清朝长期执行的禁毁小说的法令都宣告失效。

梳理了清朝各阶段禁毁小说的情况，我们可以归纳一下清朝小说禁毁的进程。清朝入关后至康熙朝前期，清廷主要采用各种怀柔政策以笼络人心，小说发展的环境相对而言也就比较宽松。此阶段朝廷正式下达的禁毁小说的法令只有 2 条，明令查禁的小说也只有《无声戏二集》和《续金瓶梅》两种。康熙朝中后期至雍正朝，朝廷逐渐强化中央集权政治，兴起了更为严厉的文字狱，残酷镇压具有反清思想的汉族人士。清朝的小说禁毁运动也全面展开，此阶段朝廷前后共下达了 6 条小说禁毁的中央法令，禁毁的对象主要是"淫词小说"，旨在正人心、淳风俗。乾隆年间，伴随着惨酷的文字狱和《四库全书》的编纂，禁书活动更为频繁。乾隆朝在纂修《四库全书》之前，正式下达了至少 3 条禁毁小说的中央法令。而在制造文字狱和纂修《四库全书》的过程中，从乾隆三十八年到乾隆五十七年（1773—1792），几乎每年都会奏准禁毁书籍，禁毁的对象主要是那些书中存在违碍文字、诋毁当朝字句的小说。据目前可见资料统计得知乾隆朝一共禁毁小说 15 种，其中有 10 种是创作于明末清初的历史演义小说和时事小说。嘉庆至咸丰年间，社会主要矛盾已不再是民族矛盾、阶级冲突等，而是日益严重的社会动乱危机。清廷从中央到地方共 7 次下令禁毁小说，禁毁的方式出现了新变化，除了朝廷下令禁毁，苏郡、杭州等地设立公局收集、销毁淫书，进一步将小说禁毁的政令落实。小说禁毁的对象主要是《水浒传》一类的"不经小说"和各种淫词小说，即所谓的诲盗、诲淫小说。同治年间朝廷禁毁的书籍类型主要是淫词小说，而光绪年间禁毁的主要是维新运动人士所著的小说，然而在清末内忧外患的情况下，此阶段颁布的禁毁法令并未达到预期目的。

进一步总结清朝统治者禁毁小说的原因，主要有以下三个方面：一是认为小说内容淫秽，有伤风化，是万恶之源，以《金瓶梅》为代表，"严禁淫词小说"作为国家基本文化政策固定下来，被列入清代法令。二是政治原因，以《水浒传》为代表，统治者认为其具有反动思想，鼓吹犯上作乱，诲盗，威胁政权巩固，到清代中后期还涉及社会治安、风俗人心的问题。同样原因遭禁的小说还有反映明末清初的时事小说《樵史演义》《定鼎奇闻》等。三是涉及民族意识，书中有违碍文字，触犯了种族尊严，以《说岳全传》《辽海丹忠录》为代表。清代的禁毁小说是统治者文化专制政策的一部分，且往往与笔祸、文字狱紧紧相关，严重制约了清代小说的发展，对文化艺术乃至社会各方面都带来深刻影响。

第二章　清代小说禁毁对小说创作的影响

　　小说的发展受到多方面因素的影响。既有文学自身因素，如不同类型的小说之间的相互影响、不同阶段小说发展的承继性、诗文戏曲等其他文体的影响以及语言文字的发展等，又有当时的经济、政治、文化、风俗等外部因素，正所谓"文变染乎世情，兴废系乎时序"①，文学作为精神文化层面的产品，由经济、政治所决定并反映其时代特点，尤其在封建专制社会，统治阶级的意识形态和对文化、文学的态度及所采取的处理方式，企图控制社会精神文化和舆论导向，对小说的发展都产生了不可忽视的影响力。而小说禁毁作为清代文化政策的一部分，清廷所颁布的法令、进行的禁书行动等都会在小说发展历史上留下烙印。这种影响首先体现在小说创作上。

第一节　小说禁毁对各阶段小说发展的具体影响

　　明清时期是小说繁荣发展的时代，小说数量众多，流派纷呈，白话小说与文言小说的发展都达到了全盛时期，出现了《三国演义》《水浒传》《西游记》《红楼梦》《聊斋志异》《儒林外史》等优秀作品。而清廷在两百多年间却一直执行禁毁小说的政策，作为一种外在的阻力，查禁小说之举在一定程度上延缓了小说的发展步伐。通

---

　　① （南朝梁）刘勰著，范文澜注：《文心雕龙注》，北京：人民文学出版社，1958年，第675页。

过梳理清代小说禁毁的情况和清代小说创作的演进过程可知，小说禁毁与小说创作之间是相互影响的：当某种类型的小说创作大为兴盛以至于威胁到统治者的阶级利益和政权稳固时，朝廷就会加强对小说禁毁的力度；而在政风较为宽松和缓、禁毁力度减弱时，小说创作则较为繁荣，在文网森严、禁毁严厉的时期，小说创作的发展则较为滞缓，可见小说禁毁对小说创作的影响在大体趋势上起到阻碍的作用。值得注意的是，小说禁毁对小说创作的影响并不是简单的、必然的，而是更为复杂的：首先，它具有一定的阶段性，在不同的历史阶段，小说禁毁原因、禁毁方式和禁毁力度的不同，会影响到不同类型的小说创作；其次，它还具有一定的持续性，在某个阶段所进行的小说禁毁行为，不仅会对此阶段的小说创作产生影响，而且会持续影响到此后的小说创作。下文将结合清代小说发展史①和清代小说禁毁的历程，分阶段来分析清代小说禁毁对小说创作的具体影响，从中可以更清晰地看到小说禁毁的阻碍作用。

一、顺治朝至康熙朝前期

清朝入关后，至康熙朝前期，国内尚未一统，几十年间战事不断，政权不稳固，经济不发展，社会不安定，南明势力尚存，明朝降将人心不稳、尚有仇清复明的思想，民族矛盾也比较尖锐，各地的农民起义更是风起云涌。在这样的政治局势下，清廷主要采用各种怀柔政策以笼络人心。入关前后，清廷积极学习汉民族文化，设置了翻书房、文馆等，组织翻译汉文书籍，还采取了礼遇明室君臣、举行科举笼络士人、收买百姓人心等措施，以稳固政权、缓和民族矛盾。此阶段小说禁毁运动只是拉开了序幕，颁布了两条中央禁毁政令，禁毁了《续金瓶梅》和《无声戏二集》两部小说。此时，小

---

①　本书对清代小说史的分期，主要参考王进驹的《清代小说的分期问题》（《学术研究》2004 年 10 期）。

说禁毁还没有全面展开，因此这个阶段政风还算宽和，小说发展的环境相对而言也就比较宽松。明清鼎革，激化了民族矛盾与斗争，唤起了汉族的民族意识与文人的创作才情，给文学注入了新的生命，而统治者所采取的较为宽和的怀柔政策，也给文学提供了相对自由的发展空间。顺治朝至康熙朝前中期，是清代小说创作的繁荣时期，数量较多，类型多样，题材丰富，虽然没有堪称杰作的作品，但整体上蓬勃发展，是中国小说史上的一个丰收时期，小说禁毁对小说发展的阻碍作用还没有明显地显现出来。

明清之际小说创作的重要流派之一是历史演义小说和时事小说，这类小说的作者大多是遗民文人学士，亲身经历了明清易代这一历史变故，生活和心理都受到深刻影响。他们借小说以浇心中块垒，在创作中悲思亡国，谴责清兵的暴行，表白忠贞气节，抒发家国之悲，同情民生疾苦，这些小说反映了明清易代之际惨痛的史实和民族共同的情感，充满了历史沉重感和强烈的忧愤之情。创作于崇祯时期和南明弘光时期的一些传统演义小说，较著名的有《隋炀帝艳史》《隋史遗文》《警世阴阳梦》《梼杌闲评》《樵史通俗演义》等。而在崇祯、顺治时期，关注国家命运、演述当代时政的时事小说较为流行，有控诉清军暴行，表达反清复明情绪的，如《海角遗篇》三十回，题"漫游野史撰"，有顺治间抄本，重点叙写顺治二年（1645）常熟县严栻举兵抗清的故事；顺治五年（1648）七峰樵道人所著的《七峰遗编》也讲述了相同的故事，颂扬了民族气节，讥讽了失节士人；也有描写辽东战事的《镇海春秋》《辽海丹忠录》；此外，还有的时事小说讲述李自成起义一事，反思历史，否定了李自成的起义行为，如《新世鸿勋》《铁冠图》等。《新世鸿勋》，题"蓬蒿子编"，卷首有顺治八年（1651）作者自序，序言道出了小说写作的目的："载逆闯寇乱之始末，即所谓运数兴替之因由。然运数虽系乎天机，而厥因实由于人造。惟愿举世之人，悉皆去恶存善，就正离邪。"① 这些小说涉及敏感的时政问题和尖锐的民族矛盾，甚至有的明显表现出对故国的眷恋和悲痛之情，但是这些小说在此阶段并没有遭到清廷的封杀与禁毁，朝廷所采取的怀柔政策给了它们较为宽松的存在发展空间。此阶段唯一遭禁的小说是康熙四年（1665）禁毁的《续金瓶梅》，此书以北宋末年战乱为背景，描写了宋金战争以及百姓在战乱中经历的种种灾难。丁耀亢在小说中用金兵来指代清兵，借宋金战争影射明清易代，寄托亡国之思。在清廷统治之下，作者进行创作时必然会有所忌惮，采用借古喻今的方法来影射明清易代的史实，《续金瓶梅》是清初借演述历史来影射时事的小说中唯一遭禁毁的特例，其他的时事小说直到文网严密的乾隆年间才遭禁毁。

此时期有一个小说发展史上值得关注的现象：出现了一批涉及满汉民族关系的小说戏曲。这批小说戏曲因为内容主旨的敏感性，跟小说禁毁密切相关，所以此处详细探讨之。

明末清初的满汉民族关系，经历了一个从紧张对立到有所缓解，再到缓和交融的过程。明朝末年，代表汉族的朱明政权与后金征战不断，加上阉党作乱和闯王军队的参与，整个社会动荡不安，给百姓带来了深重的苦难。甲申之变后，满人入主中原，建立了清朝。明朝虽然覆亡，但南明势力尚存，明朝降将人心不稳、尚有仇清复明的思想，遗民更是怀有亡国之恨、兴亡之叹。直至康熙朝前期，全国尚未一统，几十年战事不断，政权不稳固，经济不发展，社会不安定，各地的农民起义风起云涌，满汉之间的民族矛盾也比较尖锐。在这样的政治局势下，清廷虽然采用了各种怀柔政策来笼络人心，以稳固政权、缓和民族矛盾。与此同时，统治者也采取强硬的手段在全国推行剃发易服等措施，甚至掀起各种大屠杀，扼杀各地

---

① （清）蓬蒿子编：《新世鸿勋》，见《古本小说集成》，上海：上海古籍出版社，1990年，第4页。

的抗清武装势力。满汉民族矛盾上升为清初社会的主要矛盾，与阶级矛盾相互交织，造成了明末清初激烈动荡的社会环境。

明清鼎革，激化了民族矛盾与斗争，唤起汉族的民族意识与文人的创作才情，给文学注入了新的生命力，而统治者忙于战争与夺权，在文化上采取较为宽和的怀柔政策，还无暇加强意识形态领域的控制，这也给文学尤其是小说戏曲这些通俗文学的创作提供了相对自由的发展空间。家国不幸诗家幸，在这种改朝换代、政权更迭、民族冲突、党争不断的社会背景和文化背景下，许多著名的思想家、文学家、艺术家涌现，著述丰硕，如明末的顾、黄、王、方诸学者。

明末清初是小说创作的繁荣时期，也是戏曲创作的全盛时期，昆山腔传奇作者纷起，剧本数量众多，其题材主旨、创作手法、艺术体制也具有时代特色。作家们在作品中描写明末黑暗的政坛和清兵入侵所带来的战乱，描写政局动荡下的百姓生活，更多的是借历史故事抒发家国之恨与兴亡之叹，或明或暗地表现满汉之间的矛盾冲突和社会的动荡黑暗。满汉关系的演变，影响到明末清初小说戏曲创作的题材、主旨和表现手法等，刺激了小说戏曲创作的繁荣，同样也促成了这些小说戏曲被禁毁的结局。

根据笔者的梳理统计可知，明末清初涉及满汉关系的小说戏曲作品在此阶段所有作品中占比并不大，但是满汉关系对小说戏曲整体的影响不容忽略。首先，满汉民族冲突促进了小说戏曲创作的繁荣，使得整体数量大增。物不平则鸣，尖锐的民族矛盾，无情的阶级斗争，动荡的社会现实，都给作家提供了丰富的创作素材，激发了他们反对压迫的思想感情。其次，满汉民族关系也影响到小说戏曲的题材和主旨。跟明代中期相比，明末清初的小说戏曲在题材选择上主要有两个变化：一是出现了很多历史题材剧，文人们借古人酒杯浇自己块垒，表达对历史兴亡的思考；二是以民族冲突为背景的爱情剧数量大增，这些作品不再仅仅只是描写儿女情长、才子佳人，而是带上了更强的现实性和政治性。明末清初的小说戏曲作品反映了明清易代之际惨痛的史实和民族共同的情感，充满了历史沉重感和强烈的忧愤之情。大多涉及敏感的时政问题和尖锐的民族矛盾，甚至有的明显表现出对故国的眷恋和悲痛之情。最后，满汉民族冲突也促进了艺术手法的创新，作家们在历史题材剧中广泛采用影射这种手法，他们不敢直抒胸臆，只能借历史影射现实。

涉及民族关系的小说戏曲作品，根据其题材内容和艺术手法，大致可分为以下三类：

1. 描写明末清初的时事，直接反映明末清初的动荡

明末，朱明王朝与后金的对战促进了一批描写时事的戏曲的诞生。在与清兵对战的同时，明王朝统治下的社会风雨飘摇、动荡不安。阉党擅权、流寇作乱，这些民族内部矛盾削弱了明朝的力量，在一定程度上激化了满族与汉族间的民族矛盾。辽东战事是满汉两个民族的直接对峙，是矛盾激化的必然结果，因此作家若想最直接、集中地反映满汉关系，必然逃不开对辽东战事的描述。在明末清初的时事小说中，《辽海丹忠录》《镇海春秋》《近报丛谭平虏传》等都是直接以辽东战事为题材，故事主角是满汉双方。《魏忠贤小说斥奸书》《皇明中兴圣烈传》《警世阴阳梦》这几部主要以魏忠贤为题材的小说，书中对辽东战争也有所反映。《新世弘勋》《剿闯通俗小说》则反映李自成亡明和清军入关，《海角遗篇》《鲸鲵录》等则反映南明政权与清军南下的过程。以《辽海丹忠录》为例，该小说一名《丹忠录》，成书于明崇祯年间，共八卷四十回，题"平原孤愤生戏草，铁崖热肠人偶评"。据序，作者为陆云龙之弟——陆人龙。《辽海丹忠录》中有多处描写、怒斥满人在征服异族过程中的野蛮行径，如："奴酋背天朝卵翼大恩，屠城破邑，斩将覆军，孤人之儿，寡人之妻，穷凶极恶，天人共愤。凡是有人心的，谁不思食其肉，寝处其皮。"[1] 此时期的戏曲作品也会以辽东战事和将士为题材，但

---

[1] （明）陆云龙：《辽海丹忠录》，北京：华夏出版社，1995 年，第 64 页。

较少直接描写，更多是在描写阉党擅权、流寇作乱时，提及清兵入侵的暴行和满汉之间的冲突。有的虽然没有直言满汉冲突，但是以明末清初为故事背景，难免会涉及民族关系。比如范世彦的《磨忠记》写魏忠贤的发迹、灭亡史，魏忠贤干预辽东战事、排挤杀害将士，削弱了与后金抗战的明朝力量，进一步激化了满汉民族矛盾。又如清啸生的《喜相逢》，主要讲述明朝阳羡人毛士龙的事迹，记载魏忠贤乱政、东林党罹祸之事，其中有对清兵入侵宁远、锦州的描写。再如顺治年间刘键邦的《合剑记》，讲述彭士弘与吴三桂抗击李自成军队，彭士弘死难，吴三桂请清兵打败李自成军队。同样地，《息宰河》《回春记》《两须眉》《清忠谱》等作品，描写的都是明末清初的时事。从上述描写时事的小说戏曲作品中，可以看到尖锐的满汉民族矛盾与明朝内部的阶级矛盾相互交织，共同形成了明末清初激烈动荡的社会环境。

2. 借历史故事隐晦表现满汉关系

清初的小说戏曲作者大多亲身经历了明清易代这一历史变故，有的迫于无奈当了贰臣，有的忠于旧朝拒绝出仕，其生活和心理都受到深刻影响。他们的满腔愁苦无从宣泄，只能借小说戏曲以浇心中块垒，在创作中悲思故国，谴责清兵的暴行，表白忠贞气节，抒发家国之悲，同情民生疾苦。然而，甲申国难后，清兵入主中原，在清朝统治下的社会，这些汉族文人不敢直抒胸臆、指摘时弊，他们会避免某些敏感性的话题，运用新的艺术手法来加以掩饰。最常见的就是借古喻今，借历史故事来影射现实，表现家国之恨、兴亡之叹。其中有几部讲述岳飞的故事，如冯梦龙的《精忠旗》、张彝宣的《如是观》、李玉的《牛头山》、汤子垂的《续精忠》等。他们将故事放在宋金相争的战争背景下，以金兵来隐喻清兵，以民族之间的争斗来隐喻明朝和清朝的关系，批判讽刺昏君和叛臣，赞扬忠臣。

这种借历史影射现实、抒发情感的例子，在贰臣文人中也不少见。比如丁耀亢的小说《续金瓶梅》，此书以北宋末年战乱为背景，描写了宋金战争以及百姓在战乱中经历的种种灾难。丁耀亢在小说中用金兵来指代清兵，借宋金战争影射明清易代，寄托亡国之思，这部小说于顺治十七年（1660）首次刊行，康熙四年（1665）遭禁。可见丁耀亢虽为贰臣，但是他的真实内心仍有着悲怆的亡国之痛。又如吴伟业的《通天台》，借历史上的遗民表达他入清之后的被征之痛。剧中沈炯流寓长安，郁郁寡欢，到汉武帝通天台旧址痛哭汉武帝，"炯之痛哭即为作者之痛哭。盖伟业身经亡国之痛，无所泄其幽愤，不得已，乃借古人之酒杯浇自己之块垒，其心苦矣"①。吴伟业的《临春阁》间接地反映了明末清初政权鼎革的过程"以陈后主隐指福王"，"是亦痛明亡之作"。吴伟业的心态和创作在当时的贰臣中具有代表性，他们内心不愿仕清，对历史兴亡有深刻的认识，但碍于身份和政治形势，在进行创作时必然会有所忌惮，只能采用借古喻今的方法来影射明清易代的史实和家国之悲。

3. 以民族冲突为故事背景来描写爱情或世俗生活

满汉民族关系影响下的小说戏曲创作还出现了一种现象，就是以民族矛盾、民族冲突为背景的爱情剧、世俗剧数量大增。除了描述战事、讲述历史以外，作家也热衷以明末清初的满汉冲突为故事背景来描写爱情或世俗生活。这些作品没有直接的战事描写或政治争斗，而是把爱情、世俗当作故事主体，反映明朝政坛的黑暗和清兵入侵的暴行，但往往更能震撼人心，更能体现满汉冲突、朝代更迭对百姓生活的影响。比如沈受宏的《海烈妇传奇》，创作于康熙六年（1667），写烈女海凤姑被恶徒所逼，守贞自尽，这个恶徒林显瑞是一名旗丁。此剧作记载的是当时的一个日常事件，却反映了清初旗丁害民的现象。其中受害者与恶徒的不同民族身份，反映了清初满汉民族矛盾和社会的动荡。又如路迪的《鸳鸯绦》，记载的故事出自冯梦龙《醒世恒言》卷二十一《张淑儿巧智脱杨生》，比原作增

---

① 郑振铎撰，吴晓铃整理：《西谛书跋》，北京：文物出版社，1998 年，第 551 页。

加了夷虏犯边、主角抵御夷虏等情节，这应该是有感于清兵入侵的暴行而创作的。另外，东山痴野的《才貌缘》，朱寄林的《倒鸳鸯》，李渔的《巧团圆》，李玉的《万里圆》《一品爵》等都将满汉冲突作为故事背景。

还有一些作品，故事中的矛盾双方不是满汉两族，而是汉族与其他民族。这些作品看似与满汉关系无关，其实不然。它们问世于满汉冲突的明末清初，或多或少是以汉族与其他民族的矛盾来暗喻满汉矛盾，借描写民族矛盾、战乱动荡中的世俗与爱情，隐晦地表现了满汉冲突所带来的社会变革对百姓生活的影响，抒发了作者对清廷统治下的社会的不满。比如丁耀亢的《西湖扇》假托宋金时代，还有一些虽没有明确证据说明是表现满汉关系，但也是以民族矛盾为背景，比如孟称舜的《贞文记》、万树的《拥双艳三种曲》等。这些抒情作品都以民族矛盾为故事背景，带上了政治斗争色彩，正是社会动荡期的反映。

比较宽松的发展环境使得此阶段其他类型的小说也得到了充分发展，拟话本小说延续明末风气，掀起了一股创作热潮。拟话本小说集在此时大量出现，反映了清初丰富多彩的世态风貌，主要作品有李渔的《十二楼》与《无声戏》，东鲁古狂生的《醉醒石》、圣水艾衲居士的《豆棚闲话》等。在清初这些拟话本小说中，只有《无声戏二集》遭禁。顺治十七年（1660），吏部尚书刘正宗被弹劾，出资刊刻《无声戏二集》的张缙彦也受到牵连，后御史萧震又弹劾张缙彦在刻《无声戏二集》时，自我标榜为"不死英雄"而煽惑人心，张缙彦因此被革职、追夺诰命，籍没家产，流徒宁古塔，后张缙彦死于此，《无声戏二集》也被禁止发行。可见《无声戏二集》遭禁的主要原因并不是小说本身，小说的作者李渔也没有违禁，而是因张缙彦之狱而蒙冤遭禁。其他拟话本小说均未遭禁，这体现了此阶段朝廷禁毁政令并不严厉，不像乾隆时期那样将触犯禁令的文人的全部作品都列入销毁书目，这次禁毁事件并没有影响到拟话本小说的创作。

此外，才子佳人小说也大为盛行，明清易代之际的那些生活落魄的文人，借小说以抒发失意之情并寻求精神慰藉，有的还受书坊主的邀请，以小说编创为谋生之道，更推动了才子佳人小说的创作。而此时清朝小说禁毁运动才刚刚拉开序幕，这也为才子佳人小说的崛起提供了更大的发展空间。代表作有天花藏主人所著的《玉娇梨》《平山冷燕》《两交婚》《定情人》等。此时的才子佳人小说内容比较纯正，无伤大雅，正如刘廷玑《在园杂志》所说："近日之小说，若《平山冷燕》《情梦柝》《风流配》《春柳莺》《玉娇梨》等类，佳人才子，慕色慕才，已出之非正，犹不至于大伤风俗。"①

二、康熙朝中后期至雍正朝

康熙朝中后期至雍正年间，清朝的政权逐渐稳固，农业经济进一步发展，从清初的凋敝状态中恢复和发展起来，朝廷逐渐强化中央集权政治，并且有余力来加强对思想文化领域的控制，大力提倡程朱理学，加强教化意识。为了巩固和加强封建专制统治，端正人心和社会风俗风化，进一步消除汉族人的民族意识和反清复明思想，朝廷在实行怀柔政策之余，也采用了各种高压政策，此阶段围绕加强君主集权而兴起了更为严厉的文字狱，残酷镇压具有反清思想的汉族人士。与此同时，清朝的小说禁毁运动也全面展开，此阶段前后共下达了 6 条小说禁毁的中央法令，明确禁毁的主要对象是"淫词小说"。此阶段小说虽依旧维持着繁荣的局面，体现了历史上升期的风貌，但是整体创作大不如前，创作的活跃度开始减弱，数量减少，质量下降，难以见到有创造性的作品，小说禁毁的阻碍作用开始变得明显，加上程朱理学的影响，小说创作中出现了一些带有歌颂、说教色彩的内容。全面展开的小说禁毁运动直接影响了小说创

---

① （清）刘廷玑：《在园杂志》，北京：中华书局，2005 年，第 84 页。

作的水平和风格。

康熙朝中后期开始的小说禁毁运动，其重点禁毁对象是各种"淫词小说"，小说禁毁对小说创作的影响首先体现在艳情小说上。明末艳情小说大量出现，至清初康熙时期达到创作顶峰。受明后期宣扬人欲、张扬个性思想和劝善惩恶思想的影响，加上受个别作者审美趣味的限制，艳情小说在此阶段大为泛滥。其代表作家是烟水散人，作品主要有《女才子书》《梦月缘》《灯月缘》《桃花影》等，这些小说基本上肆意宣淫纵欲，内容上无可取之处，艺术上也粗制滥造、格调低下。鉴于此类小说对风俗人心的危害，朝廷分别于康熙二十六年（1687）、康熙四十年（1701）、康熙四十八年（1709）都下令严禁淫词小说，上述艳情小说都在禁毁之列。不过，这几次禁毁都没有产生多大的效力和影响力。直到康熙五十三年（1714）清廷第一次正式颁旨严禁淫词小说，雍正二年（1724）又重申禁令，禁毁小说之举才在短时间内阻抑了那些色情成分浓厚的小说的传播。直到乾隆、嘉庆年间，禁毁淫词小说的政令和风俗人心的改变、学术风气的兴盛等因素一起促使了艳情小说逐渐销声匿迹。

小说禁毁的影响不仅涉及艳情小说，也波及其他类型的小说。历史演义小说和时事小说已不复明末清初的盛况，在逐渐严厉的文字狱和小说禁毁运动的高压政策下，文人更为谨言慎行，而且随着社会矛盾的缓和及社会秩序的安定，此类作品大为减少。历史演义小说中那种明清易代所带来的忧愤情绪淡化了，文人们失去了往日的政治激情，书中谴责清兵暴行的情节少了，更多的是针砭时事、抒发感慨，蕴含一种深重的历史感。有的甚至鼓吹纲常名教，为清朝统治者歌功颂德。这从《新世鸿勋》的创作中就可看出端倪。《新世鸿勋》是清顺治年间蓬蒿子编著的白话长篇历史演义小说。《新世鸿勋》的创作主旨不是一味地反清复明，而是反思历史，否定了李自成的起义行为。有些小说则在讲述历史时加入了神怪幻化的成分，不敢直言政事，如清代康熙年间吕熊所著的长篇小说《女仙外史》，成书于康熙四十三年（1704），记燕王朱棣与建文帝争夺江山、唐赛儿起义一事。小说将燕王、唐赛儿都叙述为神仙下凡，其中有不少神怪描写。

另一种呈衰落之势的小说类型是拟话本小说，此阶段未出现像李渔这样的重要作家，小说的艺术质量也大都不高。从康熙朝开始，统治者在禁毁小说的同时大力提倡程朱理学，这使得大多数拟话本小说充满说教的意味，不复有之前的生气。创作于雍正朝的《雨花香》已经明显有劝善的倾向，胡士莹在《话本小说概论》中说它"大率意主劝善，侈谈果报"①。乾隆时期出现的《娱目醒心编》更是充满空泛的说教，当时社会的文学风气正如郑振铎在《明清二代的平话集》里所说："淫靡的作风是早已过去的了，随了正学的提倡的结果，连小说中也非谈忠说孝不可了。……这个时代使作者不得不取这样严肃的劝诫的态度。他不这样，他的著作，便不能自存。有多少明代的'艳异'之作，不是毁亡于这个严肃的时代的！"② 可见，逐渐全面展开的禁毁淫词小说的运动和程朱理学，不仅仅是销毁了那些淫词小说，更为严重的是禁锢了此阶段文人的创作思想，压制了他们的创作热情和才华，削弱了小说创作的活力和内在生命力，这样的负面影响更为深刻持久。

三、乾隆朝

乾隆时期国力达到鼎盛状态，而乾隆帝在文化专制方面更为残酷苛刻。这一时期文字狱更加频繁，大多是触犯了统治者的忌讳、用字不慎不当等，文网严密，吹毛求疵甚至无中生有，逐渐进入高潮乃至达到登峰造极的地步。从乾隆三十八年至乾隆五十七年（1773—1792），在乾隆帝主持下，纪昀等高官、学者纂修《四库全

---

① 胡士莹：《话本小说概论》，北京：中华书局，1980 年，第 653 页。
② 郑振铎：《中国文学研究》，北京：作家出版社，1957 年，第 367 页。

书》，这是书籍的一场整合，也是书籍的一场浩劫。伴随着惨酷的文字狱和《四库全书》的编纂，乾隆朝的禁书活动变本加厉，存在违碍文字、诋毁当朝字句的小说大都难逃禁毁的命运，文人们处在苦闷、彷徨、恐慌中，文坛甚至形成一种万马齐喑的局面。文人们大多顺应政治环境以求自保，即使有某种不满情绪，也不敢议论朝政、指摘时弊，龚定庵有诗："国家治定功成日，文士关门养气时"，"避席畏闻文字狱，著书都为稻粱谋"，说的正是高压文化政策下文人们的精神状态。

乾隆朝前中期，白话短篇小说创作开始衰亡，中、长篇小说创作总体较为冷落，比较确定的作品有 20 余种，比上一阶段更显萧条，但仍有一些文人作家如曹雪芹、吴敬梓、李百川、夏敬渠等在默默地进行着写作。总体而言，除《儒林外史》《红楼梦》等几部著作之外，多数作品的文学价值不高，都没有达到较高的文学境界。这种情况的出现，一方面跟乾隆朝森严的文网和严厉的禁令有关，此阶段共下达 3 条禁毁小说的中央政令，数目不多却有着一定的威慑作用；另一方面跟禁毁政令的持续性有关，从康熙朝中后期开始的小说禁毁运动，其余威尚存，对生活于康熙至乾隆年间的作家的创作心态和创作风格都产生了持久而深远的影响。

乾隆朝后期，小说创作逐渐走出萧条状态，虽然没有出现《红楼梦》那样的鸿篇巨制，但是在小说作品数量、题材类型、风格特征等方面都出现了进步之相，整体的创作活动一改冷落状况，出现相当旺盛的景象。参与创作的有杜纲、李汝珍、张士登等白话小说家和沈起凤、屠绅、杨复吉等文言小说家。文言小说的发展更是大为繁荣，最为突出的是纪昀的《阅微草堂笔记》。此阶段才学小说的出现及发展最能体现小说禁毁的影响。康熙、雍正以来所兴起的文字狱和小说禁毁运动威胁到文人的生存，士大夫为隐身避祸，往往避史事而不道，着重于考证之学，这种风气在文网严密的乾嘉时期臻于极盛。在这种乾嘉学风的影响下，小说创作沾染了汉学风气，以炫耀才学为能事，内容芜杂。如夏敬渠的《野叟曝言》，"以小说为庋学问文章之具"①，书中"叙事，说理，谈经，论史，教孝，劝忠，运筹，决策，艺之兵诗医算，情之喜怒哀惧，讲道学，辟邪说，无所不包"。还有屠绅的《蟫史》，可"于小说见其才藻之美"②，陈球的《燕山外史》"以排偶之文试为小说"③。李汝珍的《镜花缘》尤甚，借学问驰骋想象，书中后半部分铺排众多才女的欢聚场面，叙写她们吟诗作赋、行酒令、打灯谜，甚至辨古音、释典故等，充满着学究气。作者将他丰富广博的学问知识，全部编织进小说创作中，显得才华横溢，却使内容过于芜杂，削弱了小说的文学魅力，偏离了小说的文学特性。

乾隆朝禁毁的小说不多，现存可知有 15 种，其中大部分是清初盛行的那些历史演义小说、时事小说，包括《剿闯小说》《樵史演义》《新世弘勋》《说岳全传》《辽海丹忠录》等。这些小说的惨遭禁毁使得文人大多不敢再谈及时政，此阶段新出现的历史演义小说大多是续补、模仿之作，缺乏独特的艺术创造力，历史演义小说终是趋于末路。崛起于清初的才子佳人小说，在此阶段也数量锐减，内容上缺少新意，故事模式化日益严重，渐趋衰微。乾隆年间，世情小说的创作最为辉煌，《红楼梦》《儒林外史》《歧路灯》等都将中国古代小说创作推向高峰，文人们由演述历史、指摘时事转为"极摹人情世态之歧，备写悲欢离合之致"。这些小说的作者大多经历家庭变故，一生坎坷。出生于严酷的政治控制和思想禁锢的时代，他们难有以天下为己任的胸怀，只能追求功名利禄，而家庭的变故和科举的失意又使得他们郁郁不得志，驱使其投入长篇小说的创作中。"《红楼梦》等几部具有'自譬''自况''自寓'特征的文人长篇小说与以往通俗小说相比，在创作动机、目的和创作思维上有

---

① 鲁迅：《中国小说史略》，北京：中华书局，2010 年，第 152 页。
② 鲁迅：《中国小说史略》，北京：中华书局，2010 年，第 154 页。
③ 鲁迅：《中国小说史略》，北京：中华书局，2010 年，第 154 页。

着显著的不同。以往通俗小说的创作动机和目的主要表现在三个方面：大众娱乐，社会教化，商业牟利。而《红楼梦》等文人长篇小说的创作则异于娱乐、教化、牟利的目的，从其根本上说是为了自我的抒发和解慰而作的。"① 这种小说创作特征的出现必然有着时代现实生活原因，而小说禁毁正是不可忽视的因素。

四、嘉庆朝至咸丰朝

到了乾隆后期，白莲教等"教乱"此起彼伏，各种社会矛盾日益激化，清朝由盛转衰。嘉庆至咸丰年间，社会的主要矛盾不再是满汉民族矛盾、阶级冲突等，而是日益严峻的社会动乱危机，此阶段朝廷已经不再制造文字狱，也没有精力、财力去纂修大型丛书和大规模地查禁各类书籍。但从朝廷到社会舆论都认为：社会动乱的根源是风俗世道人心的败坏，而风俗世道人心的败坏很大程度是受小说戏曲等通俗文化的鼓惑煽动。日益尖锐的社会矛盾为作家提供了丰富的创作素材，而此阶段清廷的小说禁毁政令对小说创作的阻碍作用，不仅仅体现在创作数量上，更为重要的是影响到整体创作水平。从嘉庆到道光、咸丰年间，小说创作的整体趋势是从较为旺盛走向衰微，质量下降，没有撼动人心的杰作，思想上、艺术上都比较平庸肤浅，跟清中叶的杰出小说《红楼梦》《儒林外史》相比，作家的思想境界明显地呈现滑坡趋势。

此阶段小说创作的发展是逐渐从较为旺盛走向衰微的。乾隆后期到嘉庆年间小说创作的数量不少，虽然嘉庆年间仍然颁布了禁毁小说的政令，但是并没有制造惨酷的文字狱，因此跟乾隆朝中前期相比，文网稍松，小说创作又再现生机。孟森《明清史讲义》云："仁宗天资长厚，尽去两朝钳制之意，历二十余年之久，后生新进，

---

① 王进驹：《乾隆时期自况性长篇小说研究》，北京：中国社会科学出版社，2006年，第49页。

顾忌渐忘，稍稍有所撰述。虽未必即时刊行，然能动撰述之兴，即其生机已露也。"① 此时兴起了一些新的小说创作流派，尤以儿女英雄传奇和侠义公案小说最为兴盛，代表作主要有《三侠五义》《儿女英雄传》《施公案》《彭公案》《清风闸》等。狭邪小说也出现了一些开山之作，比如道光二十九年（1849）完稿的《品花宝鉴》、道光二十八年（1848）成书的《风月梦》等。侠义公案小说的兴盛，一方面是因为书中所塑造的惩暴除恶、伸张正义的清官和扶危济困的侠客形象，既符合政治腐败时期普通民众的憧憬心态，又符合统治者整肃纲纪、宣扬纲常名教、弘扬圣德的需要；另一方面是由于都市文化繁荣，评话评书、弹词鼓词流行，地方戏勃起，小说与说唱、戏剧互相融合，风靡于市井。此阶段小说禁毁政令对小说发展的阻碍作用虽然不明显，但是统治者大力宣扬封建纲常伦理，对这些侠义公案小说加以肯定。这也是一种文化专制政策，干涉小说的创作，束缚了创作时的独立和自由，使得作家的思想不自觉地向正统的封建社会意识回归，皈依于封建法权和封建伦理。此阶段的小说创作，"承受着文化专制政策与商业媚俗倾向的双重负荷"②，失去了小说的精神魅力和文学特性。

　　道光以降，小说禁毁对小说创作的阻碍作用又开始趋于明显，小说创作进入衰微时期。康熙朝后期逐渐衰退的艳情小说在此时死灰复燃，在民众中广泛传播。朝廷认为正是这些淫书败坏了社会风俗，因此变本加厉地对其加以禁毁，大力宣传封建的纲常名教，于道光十八年（1838）、道光二十四年（1844）掀起了两次大型的禁书运动，以"诲盗诲淫"的罪名对淫词小说加以严厉禁毁，打击了文人的创作热情。正如鲁迅先生所说的，"至于禁止，其风始衰"。随着禁毁运动的进行，加上乾嘉学风的影响，小说的创作活力减弱，

---

　　① 孟森：《明清史讲义》，北京：中华书局，1981年，第614页。
　　② 袁行霈主编：《中国文学史》第四卷，北京：高等教育出版社，2005年，第385页。

"小说作品数量虽未见减少，质量却显著下降，自出机杼者寥寥，平庸之作充斥坊间。小说遂失去往昔之艺术光彩"①。

五、同治朝至宣统朝

同治朝、光绪朝的局势更是动荡不安，经济主权部分丧失，海陆边疆危机全面爆发，甲午战败掀起了列强瓜分中国的狂潮，内有战乱、教乱，外有西方列强的侵略，内忧外患、步履维艰成了走向衰落的清王朝的真实写照，直至王朝走向灭亡。为了维护摇摇欲坠的统治，统治者一方面兴办实业，创办轮船招商局，发展民间资本，另一方面不忘加强思想文化领域的专制统治。

咸丰、同治至光绪前期，是中国古典小说创作的收尾期。同治七年（1868），江苏巡抚丁日昌掀起了清朝最后一次大型的禁毁小说活动，设局销毁淫词小说。此次小说禁毁运动，延续了道光以来小说禁毁的影响，打击了小说创作的发展，加上社会时局动荡不安，此阶段的小说创作数量较少，艺术成就不高。狭邪小说仍风行于世，主要有魏秀仁的《花月痕》、俞达的《青楼梦》、韩邦庆的《海上花列传》等。其作者多属于混迹歌台舞榭的落拓中下层文人，创作中融入了对颓败国势的感伤之情和作家的身世之感，有一些作品中带有强烈的主观抒情色彩和独特的艺术风格。这些狭邪小说上承才子佳人小说，虽然在情爱观、女性崇拜的强化和地域文化的凸显三个方面接受了才子佳人小说的影响，触及了比才子佳人小说更广阔的社会背景，并影响了其后谴责小说和鸳鸯蝴蝶派小说的产生，但称不上上乘之作。

光绪朝后期勃然兴起的"小说界革命"，改变了小说创作观念。小说成为晚清思想启蒙和文学革新运动的领域。新小说震撼文坛，出现了《官场现形记》《二十年目睹之怪现状》《老残游记》《孽海

---

① 石昌渝：《清代小说禁毁述略》，《上海师范大学学报》2010 年第 1 期，第 65－75 页。

花》等谴责小说，以及《玉梨魂》《广陵潮》之类的鸳鸯蝴蝶派小说，维新派也创作了各种宣传政治主张的政治小说和描写外国题材的游记。朝廷为了肃清维新派的影响，大量禁毁维新派的书籍，先后于光绪二十四年（1898）、光绪二十六年（1900）下谕禁毁康有为、梁启超等的著作。然而维新运动以小说为宣传变法的工具，各种杂志报纸更是成为新的载体，各种新思想以星火燎原之势传播开来。此时的小说禁毁失去了强大的政权支撑，成了强弩之末，已经阻碍不了小说创作的发展。

第二节　小说禁毁对小说创作手法的影响

小说禁毁在大体趋势上会阻碍和延缓小说的创作发展，但是其影响是复杂的。在阻碍的过程中，小说禁毁会影响小说创作在内容、模式或技巧等方面的创新和改进，从这个角度而言，清廷的禁毁法令反而增强了小说的内在生命力和社会影响力。"从明清小说的发展来看，禁毁一方面意味着小说向权力意志的屈服和靠拢，而另一方面也促进了小说对文学创作新方法的开掘与寻求，反过来在一定程度上推动了小说的发展。"① 小说禁毁不仅会影响作者对题材的选择和对内容的处理，也会促进其在艺术技巧方面的创新，尤其是在文化高压政策下，小说作者往往会避免某些敏感性话题，不敢直抒胸臆、指摘时弊，只能运用新的艺术手法来掩饰他们的真情实感。

以借喻的手法来影射现实，这是明清易代之际直至清代前期的历史演义小说创作中常常使用的手法，《隋炀帝艳史》《隋史遗文》《警世阴阳梦》《梼杌闲评》《樵史通俗演义》等都如此。而康熙四年（1665）禁毁的《续金瓶梅》，其借喻手法使用得更为高妙。作

---

① 王红：《明清禁毁小说政策对小说发展的影响研究》，《广东培正学院学报》2011年第2期，第61－65页。

者丁耀亢不仅借古喻今，而且借续书而不是历史故事来影射现实。黄霖先生曾说："作者之所以要选择《金瓶梅》来作续书，根本不是由于《金瓶梅》是一部有名的'淫书'而可以招徕读者，而是由于《金瓶梅》的续书可以顺理成章地以宋金征战的历史背景来影射现实的明清易代。"① 丁耀亢在《续金瓶梅》中借宋金暗喻明清，痛斥入侵者的暴行。一方面，他沉痛地反思明朝的灭亡，将原因归结为皇帝昏庸荒淫、奸臣横行和党争之祸，并对此大加批判、鞭挞——"古人说这一个党字，贻祸国家，牢不可破！自东汉、唐宋以来，皆受这门户二字之祸，比叛臣权宦，敌国、外宦更是利害不同。……总因着个党字指曲为直，指直为曲，为大乱阴阳根本"。另一方面，丁耀亢对清王朝有诸多不满，在小说中描写的战乱场面，揭露出清兵的残暴以及人民的巨大痛苦。如在第五十四回的《江南妇女离乱歌》长诗，分别借富家女、贫家女之口，哭诉了妇女被金兵劫掳、惨遭蹂躏的悲苦命运，描绘了战乱中人民流离失所的真实状况。丁耀亢在书中衔接《金瓶梅》的故事情节，借宋金战争来影射明清之际的社会现实，做了种种伪装以避开敏感的时政，但小说中也设置了许多暗示性语句，如"锦衣卫""厂卫""旗下"等明清特有的制度称谓。因此，该小说最终难逃禁毁的厄运。

这次禁毁事件使得文人更加谨言慎行，在此后的小说创作中，借喻手法的运用也更为隐晦，其创作的主旨也一定程度上发生了变化。如康熙二十三年（1684）成书的《说岳全传》，此书以宋金战争为背景，以金兵来隐喻清兵，把金兵描写成怪物一般："陆老爷在城上观看番兵，果然厉害。但见：满天生怪雾，遍地起黄沙。……来一阵蓝青脸，朱红发，窍唇露齿，真个奇形怪样；过两队锤擂头，板刷眉，环睛暴眼，果然恶貌狰狞。"② 但是作者在对金兵首领兀术

---

① 黄霖：《丁耀亢及其〈续金瓶梅〉》，《复旦学报（社会科学版）》1988 年第 4 期，第 55 - 60 页。

② （清）钱彩：《说岳全传》，济南：齐鲁书社，1995 年，第 71 页。

的描写中，也增加了一些赞赏的成分。作者借兀术隐喻的是清廷统治者，在谴责中增加了一些赞赏，既体现了作者对清廷的某种认可，又未尝不是禁毁政令的影响，若一味地谴责讽刺清朝，只会给创作者带来灾祸，惮于时忌的文人也不得不改变自己的创作主旨和情感倾向。

而在文网严密的乾隆时期，惨酷的文字狱、禁书运动针对的主要是触及民族问题与政治问题、包含违碍文字的书籍，小说作者更加不敢直抒胸臆、指摘时弊，而是以暗讽来避免某些敏感性的话题。比如成书于乾隆十四年（1749）的讽刺小说代表作《儒林外史》，描摹儒林群相，讽刺黑暗的科场，剖析清代中叶的社会风俗、社会弊端以及当时读书人的精神状态，这在文网森严的乾隆朝是触犯统治者禁忌的。所以作者没有直接批判，而是假托为明代故事，除了楔子写元明易代时王冕的故事外，正文从明宪宗成化末年写到神宗万历二十三年（1595）为止，采用讽刺手法来"秉持公心，指摘时弊，机锋所向，尤在士林；其文又戚而能谐，婉而多讽"①。又如《红楼梦》，更是采用谐音、隐喻、虚实结合等手法隐晦巧妙地表达思想主旨，脂砚斋称其"借风月波澜，以泄胸中悒郁"。而李百川的《绿野仙踪》，成书于乾隆二十七年（1762），借神魔描写来表达愤世嫉俗之意。书中主人公冷于冰愤世道之不良，求仙访道，学成法术，斩妖除怪，惩治人间权奸，作者自谓："总缘蓬行异域，无可遣愁，乃作此呕吐生活耳！"② 除了以借喻来影射现实，还有的借学问驰骋想象，以寄托理想、讽喻现实，乾隆后期出现的才学小说《镜花缘》《野叟曝言》《蟫史》等正是如此。

在文言小说的创作中，借喻、影射手法的应用也不在少数。成书于康熙年间的《聊斋志异》，建构了一个神怪梦幻的狐鬼世界，作者有意识地编撰各种奇异故事，连同其中的神、狐、鬼、花妖等，

---

① 鲁迅：《中国小说史略》，北京：中华书局，2010 年，第 137 页。
② （清）李百川：《绿野仙踪》，北京：人民文学出版社，2002 年，第 817 页。

并不是简单的游戏之笔，而是有所寄托、寓意，借此来抒发情怀、寄托忧愤、观照社会、揭露现实。其中，蒲松龄对冥间各种现象的描写，其实就是对现实社会的批评。比如《席方平》中，席方平为父亲入冥府申冤，城隍、冥王各级衙门，都是贪贿、暴虐，他感到阴曹之暗昧尤胜于阳间。还有《公孙九娘》以顺治五年（1648）至康熙元年（1662）的于七起义为故事背景，写了莱阳生入鬼村与鬼女公孙九娘的一段人鬼姻缘，惨死者向他吐诉苦情幽怨，正是借鬼语和冥婚来控诉了清朝在镇压于七起义中的残暴杀戮。阴间的昏暗，映照、影射了人世官府的黑暗和社会的弊端。又如清代文言小说《鬼窟》①，由傅汝大辑、陈士镰录，书成于《四库全书》编纂之前，今有抄本一种。全书从《左传》《史记》《唐书》《宋史》等十一种正史以及《事文类聚》《诺皋记》《集异记》等五十多种笔记中辑出各种神鬼怪异故事。书前有辑者于乾隆二十年（1755）所著的《原始》一篇，内称"屈指十四年来，故鬼小，新鬼大，愈出愈奇。鬼既长，则人道是消。夫复何言？今秋又战后特至榜下"。此处所谓"十四年"，即指从乾隆六年（1741）到乾隆二十年（1755）发生的胡中藻因为诗句"一把心肠论浊清"即被诛族这一事件，辑者似特借鬼神之事以抒胸中激愤之情。由此看来，开篇"神降于莘"中叙述神降于莘，内史答周惠王之问："国将兴，其君齐明中正，精洁惠和……故明神降焉。""国将亡，其君贪冒淫僻，邪佚荒怠……明神不蠲而民有远意。"当也是借古寓今，这种批判精神在文网森严的当时实属难能可贵。

在小说禁毁的高压影响下，改编也是小说作者进行创作的一种应对之策，有的直接对原书进行增删改编。比如《隔帘花影》，就是对《续金瓶梅》加以删减改编而成的。《续金瓶梅》是清代丁耀亢所著的小说，于顺治十七年（1660）首次刊行，共十二卷六十四回，

---

① 参照石昌渝主编：《中国古代小说总目·文言卷》，太原：山西教育出版社，2004年。

于康熙四年（1665）遭禁。作者在书中借宋金战争来影射明清之际的社会现实，寄托亡国之思。被禁后不久，就有自署"四桥居士"的人将其删改，缩为四十八回并改为《隔帘花影》重新刊行于世。《隔帘花影》有本衙藏板本，扉页题"古本三世报""隔帘花影"，卷前题"新镌古本批评三世报隔帘花影"。四桥居士对《续金瓶梅》所做的删改，正是留意到原书遭禁的原因，对原书中触犯统治者意志的部分，尤其是关于宋金战争的描写进行删改，删减了金人在江南屠杀的一些情节，还削减了每回开头的说教议论部分，删去了若干与原书没有关系的回目，更改了一些虚构的人物姓名等。然而，改编而成的《隔帘花影》同样难逃禁毁的厄运。在道光、同治年间所颁布的多次禁毁书目中，《续金瓶梅》与《隔帘花影》同时罗列其中，只不过《隔帘花影》遭禁的主因已不再是敏感的政治问题，而是其中的淫秽描写。《谭瀛室笔记》评本书云："《隔帘花影》确系《金瓶梅》后传，……笔意虽不及《金瓶梅》之灵活跳脱，然亦颇不弱。惟究以淫秽处太多，坊间不敢公然发售。"[1] 其实，改编后的《隔帘花影》在内容上更为紧凑，但其思想性大不如原书。

　　也有作者将小说改编为其他形式，如戏曲、说书等，借助其他形式而使小说在禁毁运动中得以留存。比如清代英雄传奇小说《天豹图》，亦名《剑侠飞仙天豹图》，写明成化年间施必显诸英雄被逼聚啸山林，锄奸除霸，主题有一定积极意义，情节也比较紧凑。后来有人将此小说改编为弹词《天宝图》，亦名《英雄奇缘传》，最早有道光十年（1830）刊本，嘉庆十九年（1814）厦门丰胜书坊刊本、道光六年（1826）英秀堂刊本都改题为《绣像剑侠飞仙天豹图》。然而，无论是改编前的小说《天豹图》，还是改编后的弹词《天宝图》，两者在道光、同治年间的禁书运动中都被列为淫词小说而遭禁毁。但是，此类小说的传播流传并没有遭到阻止，改编成戏文后，现今很多地方戏中仍然有上演此等戏目。

---

[1]　李梦生：《中国禁毁小说百话》，上海：上海书店出版社，2006 年，第 220 页。

第三章　清代小说禁毁对小说刊刻的影响

　　明清时期，商品经济的发展、坊刻业与印刷业的发达、读者市场的扩大等，为小说尤其是通俗小说的兴盛提供了极为有利的条件。而一部作品被创作出来，要经过刊刻发行，到读者的阅读、接受，其价值才算得以实现。小说的发展与小说的创作、刊刻、售卖、阅读等环节密切相关，清朝统治者正是看到这几个环节对小说发展的重要性，因此在颁布的禁毁小说法令中，不断扩大禁毁范围，企图阻断小说传播的途径。从上文所梳理的小说禁毁法令情况可知：顺治朝至康熙朝前期，严禁坊间书贾刊行琐语淫词，从重究治；康熙朝中后期至雍正朝，增加了严禁书肆出卖、严禁撰著淫词小说，对造作刻印者、私行撰著淫词者、市卖者、买看者都加以惩处；乾隆朝，又增加了严禁开铺租赁；嘉庆朝至咸丰朝，又规定不准开设小说坊肆，甚至设局收购淫书，利诱书贾坊主。禁毁的范围不仅涉及小说创作，而且伸展到小说刊刻、租赁、售卖、阅读等环节，虽然对小说刊刻的整体情况造成了一定影响，促使艳情小说、历史演义小说等类型小说的刊刻在乾隆、嘉庆年间一度中断，但这些小说的刊刻在清代后期卷土重来，同时促进了某些刊刻手法的更新。书贾唯利是图的商人本色令他们冒着被惩处的风险，在禁毁风声稍弱时更是大量刊刻，跟统治者斗智斗勇，使禁毁小说的法令流于形式，削弱了小说禁毁的阻碍作用。清代小说禁毁法令在小说刊刻方面的影响不尽如人意。

第一节　小说禁毁对小说刊刻的整体影响

小说书坊主、书贾在明清小说的发展过程中有着不可忽视的重要作用。他们不仅刊刻书籍，有的书坊主还组织下层文人编写小说，甚至自编小说，对于他们而言，书籍是一种商品，是他们最重要的财富来源。尽管清廷多次禁毁小说，但是并不能彻底阻止人们购买、阅读小说的欲望，人们甚至会受好奇心的驱使增加对所谓禁书的需求量，禁书反而更是成了书坊主的摇钱树。小说创作的主体主要是文人学者，也有的是由文人与书坊主合作编纂的；创作的目的既有娱人耳目、教化人心，也有商业牟利。而小说刊刻具有更强的商业性，书坊刊刻的主要甚至唯一目的就是牟利，商人唯利是图的本性使得他们千方百计地钻禁毁政令的漏洞，寻找政治势力波及不到之处，即使明令禁止也要在夹缝中求生存、求盈利。被禁毁的小说的刊刻出版在禁毁监管最严厉时会有所收敛，不过风头过后又会出现，甚至是以更迅猛的形势卷土重来，这种商业性削弱了小说禁毁对小说刊刻的阻碍作用，更降低了禁毁影响力的持续性。其实，单看《水浒传》留存的版本情况就可知禁毁法令在某种程度上的失效。作为被禁毁最多次的小说，《水浒传》的现存版本却颇为复杂繁多，大致有繁本与简本两大系统，主要有一百回本《忠义水浒传》、一百二十回本《水浒全传》、七十回本《金人瑞删定水浒传》以及一百十五回本《鼎镌全像忠义水浒传》等。下面分三个阶段来分析清代小说禁毁对小说刊刻整体情况的影响①。

---

① 本章所研究的小说刊刻的情况，主要参考《小说书坊录》《中国古代小说总目》《清代禁书总述》《中国禁毁小说百话》等。

一、清初至雍正朝

此阶段小说禁毁运动刚刚全面展开，清廷明令禁毁的主要是各种淫词琐语。清代艳情小说在康熙朝前后刊印、传播的演变情况，更能说明禁毁法令的效力。在清廷两百多年间所禁毁的小说中占比最大的是"淫词小说"，主要包括艳情小说、才子佳人小说、世情小说等，某种程度上可以说小说禁毁对艳情小说刊刻的影响比较明显。明末至清康熙时期，艳情小说泛滥，书坊主为迎合读者，图谋私利，竞相刊行艳情小说。明末清初的啸花轩，正是一间专门组织创作和刊印艳情小说的书坊。据王清源、韩锡铎编纂的《小说书坊录》所载，啸花轩刊印小说的情况如下①：

顺治康熙间刻《巫山艳史》六卷十六回

康熙五年序，刻《前后七国志》八卷四十回（《前七国志孙庞演义》四卷二十回，《后七国志乐田演义》四卷二十回）

康熙刻《情梦柝》二十回

刻《贯华堂评论金云翘传》四卷二十回

刻《醉春风》八回

刻《玉楼春》十二回

刻《灯月缘》十二回

刻《留人眼人中画》十六卷（《风流配》四卷、《自作孽》二卷、《狭路逢》三卷、《终有报》四卷、《寒彻骨》三卷）

刻《巫梦缘》十二卷

刻《蝴蝶媒》十六回

刻《李卓吾批三国志传》二十卷二百四十则

---

① 王清源、韩锡铎编纂：《小说书坊录》，沈阳：春风文艺出版社，1987年，第23－24页。

刻《梧桐影》十二回

刻《新编绣像蔟新小说麟儿报》四卷十六回

刻《杏花天》四卷十四回

刻《恋情人》六卷十二回

刻《浓情快史》四卷三十回

刻《梦花想》不分卷十八回

朝廷分别于康熙二十六年（1687）、康熙五十三年（1714）、雍正二年（1724）下达法令禁毁小说，明确提出禁毁对象以淫词小说为主，禁止相关书籍刊行及售卖，并进一步明确了各衙门的职责和违令后的刑事惩处办法，试图以法律的力量来扼杀异端文化，引导人心以稳固统治。虽然具体的禁毁书目今日已无法得知，但啸花轩等书坊刊印的小说，很有可能就在法令中所说的"书肆淫词小说，刊刻出卖共一百五十余种"① 禁毁之列。这几次小说禁毁运动以后，康熙中后期至雍正年间，很少有书坊刊刻艳情小说。由曹去晶编纂、成书于雍正八年（1730）的《姑妄言》被视为古本色情小说的集大成之作，它写作于雍正年间而一直没有刊刻，只在小范围内抄录流传，这足以说明小说禁毁效果的复杂性：既能在一定的时段里从整体上遏制小说的发展趋势，又无法从根本上铲除小说产生的土壤；禁毁的作用既相对有限，又确实起到长久的威慑作用。

二、乾隆朝

乾隆朝文网森严，频繁的文字狱和《四库全书》的编纂都伴随着大量的禁书，此阶段小说禁毁对小说刊刻的阻碍作用比较明显。首先体现在艳情小说上，延续康熙后期禁毁政令的影响，乾隆、嘉

---

① （清）素尔纳撰，霍有明、郭海文校注：《颁定学政全书》卷7《书坊禁例》，武汉：武汉大学出版社，2009年，第32页。

庆年间世情小说蓬勃发展，艳情小说逐渐衰落，除了小说风气的转变和乾嘉学术风气的兴盛，一定程度上也是受康熙、雍正朝的禁毁淫词小说法令的打击。《浓情快史》《巫山艳史》《杏花天》《灯月缘》等，都只有啸花轩刊本存世，"康熙以后，此类著作，便很难容身于出版界了"①，现存很多艳情小说都没有乾隆年间刊本。

乾隆年间制造的惨酷文字狱和小说禁毁运动也阻碍了历史演义小说的刊刻，清初大为兴盛的历史演义小说和时事小说，都直到乾隆年间才遭禁。乾隆年间小说禁毁的重点对象是那些书中存在违碍文字、诋毁当朝字句的小说，据目前可见资料统计得知乾隆朝共禁毁小说 15 种，其中有 10 种是创作于明末清初的历史演义小说和时事小说。乾隆朝的小说禁毁运动明显阻碍小说尤其是历史演义小说和时事小说的刊刻，这些小说遭禁以后，在文网严密的乾隆年间没有书坊敢再行刊刻，直到嘉庆年间文字狱减少、禁令松动，才逐渐重新开始刊刻。且看这些小说的刊刻情况：

《水浒传》现存版本颇为繁多，大致有繁本与简本两大系统，主要有：一百回本《忠义水浒传》、一百二十回本《水浒全传》、七十回本《金人瑞删定水浒传》以及一百十五回本《鼎镌全像忠义水浒传》等。大都刊刻于明代，没有乾隆年间刊本。

《剿闯小说》有南明兴文馆刊本、明末刻本、清乾隆年间抄本、民国年间铅印本。

《樵史演义》有清初写刻本，未署刊刻年月。

《定鼎奇闻》有顺治八年（1651）庆云楼刻本与载道堂刻本、嘉庆十一年（1806 年）文渊堂刻本、道光十六年（1836）文渊堂刻本、光绪十八年（1892）文运堂刻本、姑苏稼史轩重刻本。

《虞初新志》有康熙年间刻本、乾隆年间刻本、嘉庆年间刻本、民国年间铅印本。

---

① 郑振铎：《西谛书话》，北京：生活·读书·新知三联书店，1998 年，第 149 页。

《五色石传奇》存世有清刊本，未见后世刻本。

《八洞天》存世有清刊本，未见后世刻本。

《归莲梦》有康熙年间清得月楼刻本。

《英烈传》有明三台馆刊本、清道光十七年（1837）大文堂刻本，此后又有三多斋、拥万堂、文英堂、怀德堂、英德堂、致和堂、金陵德聚堂等刻本。

《镇海春秋》有明崇祯刊本。

《丹忠录》有崇祯十五年（1642）翠娱阁刻本。

《说岳全传》现存最早的刊本是康熙二十三年（1684）余庆堂刻本，此后有嘉庆三年（1798）金丰刻本、嘉庆六年（1801）福文堂刻本、道光二十三年（1843）奎璧堂刻本、道光年间维经堂刻本、同治三年（1864）爱日堂刻本、同治九年（1870）务本堂刻本、光绪六年（1880）奎照楼刻本、光绪二十八年（1902）郁文堂刻本、光绪三十二年（1906）上海商务印书馆铅印本、光绪三十三年（1907）上海广益书局石印本、光绪年间上海扫叶山房刻本以及几个民国年间刻本。

《精忠传》有明黎光楼刻本、清光绪三十三年（1907）上海广益书局石印本。

《蓬轩别记》有顺治年间《续说郛》本、清初刻本。

分析以上这些小说的刊刻情况，我们可以看到一个现象：这些小说尤其是《定鼎奇闻》《说岳全传》的刻本很多，备受读者和书坊主喜爱，在清代被多次刊刻，但都没有乾隆年间的刻本。除了初刻本外，大部分刻本都是刊刻于清代后期，不仅仅是其中某一两部小说如此，而是乾隆朝被禁毁的小说普遍如此，可见乾隆年间书坊惮于小说禁毁政令而减少甚至停止刊刻这类小说。

明清时期，得益于商品经济的发展和印刷业的发达，小说从问世到刊印的时间差较明代之前缩短了。清初不少小说在成书之后基本都能较快得到刊印出版，较快的在一年内，较慢的也在五年左右。

比如，丁耀亢的《续金瓶梅》成书和初刊于顺治十七年（1660）；陈忱的《水浒后传》成书于顺治十六年（1659）以后，初刊于康熙三年（1664）；西周生的《醒世姻缘传》成书于顺治年间，初刊于清初，书中避明讳而不避清讳；李渔的小说集《无声戏》《十二楼》都是作者自兰溪移家杭州后数年间作成并刊行的；那些多为谋生而作的才子佳人小说，更是及时得到刊印。但是，乾隆朝的小说刊印较为特殊，此阶段很多小说的成书时间与刊刻时间之间存在很长的间隔。比如，蒲松龄的《聊斋志异》在康熙十八年（1679）结集成册，却一直以抄本流传，直到乾隆三十一年（1766）才得以刊刻，其中删了数十篇，还改动了一些有碍时忌的句子。

乾隆年间，小说无法及时得到刊刻的现象更为普遍，例如：

吴敬梓的《儒林外史》大约在乾隆十四年（1749）就已经基本完稿，现存最早的刻本却是嘉庆八年（1803）卧闲草堂的56回巾箱本，从成书到刊刻隔了半个多世纪。

曹雪芹的《红楼梦》，作于乾隆二十七年（1762）以前，一直以抄本的形式在社会上流传，直到乾隆五十六年（1791）程伟元和高鹗将其修改排印刊行，结束了《红楼梦》的传抄时代，中间隔了将近 30 年。

李百川的《绿野仙踪》完成于乾隆二十七年，一直以百回抄本流传，直到道光十年（1830）才刊刻印行，且刻本为八十回，中间隔了 68 年；

《歧路灯》成书于乾隆年间，却一直以抄本的形式流传于穷乡僻壤，直到 1924 年才由洛阳清义堂石印行世。

夏敬渠的《野叟曝言》成书于乾隆年间，初以抄本流传，直至光绪七年（1881）才刊行，且缺了整四回文字，光绪八年（1882）又有申报馆排印本，较初刊本多出两回，并且有西岷山樵序云称："先祖始识先生之底蕴，于学无所不精，亟请付梓。先生辞曰：'士生盛世，不得以文章经济显于时，犹将以经济家之言，上鸣国家之盛，以与得志行道诸公相印证。是书托于有明，穷极宦官权相妖僧道之祸，言多不祥，非所以鸣盛也。'……尝谓曾祖光禄公曰：'尔曹识之，承夏先生之志，慎勿刊也！'"①

这些小说大都成就斐然，创作之际就已经以抄本的形式广为流传，若刊刻成书必然大受欢迎，能为书坊主带来丰厚利益，但是它们一直没能刊刻发行，这种情况的发生有多方面的原因，但肯定或多或少跟乾隆朝的文化高压政策和残酷严密的小说禁毁运动有关。这些小说中都有着对社会现实的讽刺，大都有碍时忌，"言多不祥"，易遭灾祸，作者无能力将其刊行，书坊主也不敢刊刻，从这个角度而言，小说禁毁延缓了这些小说的刊刻问世。

三、嘉庆朝至宣统朝

道光时期，小说创作进入了衰微期，文人独创的作品减少了，更多的是改编、辑录的作品，而小说刊印却大为兴盛，充斥市场，所占比例较大的是艳情小说、世情小说、演义传奇等。艳情小说等淫书的刊刻在乾隆、嘉庆年间一度中断，道光以后又以更为迅猛的势头卷土重来，康熙、雍正年间对"淫词小说"所下达的禁毁法令和采取的禁毁运动，经过乾隆、雍正朝，直到此阶段已经完全失去了威力。"访闻苏城肆坊，每将各种淫书翻刻市卖，并与外来书贾，私行兑换销售，及钞传出赁，希图射利，炫人心目，亵及闺房，长恶导淫，莫此为甚"②，很多书坊都刊刻了各种"淫词小说"。例如，鼎翰楼于嘉庆五年（1800）刻《金石缘》《锦香亭》，竹春堂于道光四年（1824）、道光十二年（1832）、道光二十四年（1844）刻《石点头》，经元堂于嘉庆十二年（1807）刻《金石缘》、道光二十三年（1843）刻《双凤奇缘》、道光年间刻《锦香亭》等，三让堂刻《红

---

① 石昌渝：《中国古代小说总目》，太原：山西教育出版社，2004年，第480页。

② （清）余治：《得一录》卷十一之一，转引自王利器：《元明清三代禁毁小说戏曲史料》，上海：上海古籍出版社，1981年，第128页。

楼梦》《好逑传》《双凤奇缘》等，可想而知当时淫词小说刊刻之盛。这些小说正是被嘉庆帝、道光帝视为败坏风俗人心的罪魁祸首，针对此形势，清廷于嘉庆年间又再次查禁《肉蒲团》《灯草和尚》等，道光十八年（1838）、道光二十四年（1844）、同治七年（1868）先后掀起三次大型的由地方主导的设局收毁淫词小说的运动，查禁淫词小说 100 多种，其中明末清初啸花轩刊印的《浓情快史》《巫山艳史》《杏花天》《灯月缘》《梧桐影》《巫梦缘》《醉春风》等小说几乎全被查禁。

然而，道光至同治年间的三次大型禁书运动对于小说刊刻的影响力远不如康熙后期的禁令那样有效，其阻碍作用已经微乎其微，朝廷禁止刊刻、售卖淫书并严令销毁小说原板，却不能阻断小说的流传，也并没有对书坊业造成较大的影响。啸花轩刊印的大部分艳情小说至今仍存世，道光、同治年间颁布的《计毁淫书目单》和《禁毁书目》中的其他淫词小说，在禁毁法令颁布之后仍有再行刊印，甚至没有避开禁毁运动风头最盛的道光十八年及道光二十四年，此阶段遭禁毁次数较多的小说大都存有道光年间以后的刊本：

《石点头》有道光四年（1824）、道光十二年（1832）、道光二十四年（1844）竹春堂刻本、光绪二十一年（1895）上海书局石印本。

《情梦柝》有咸丰七年（1857）芥子园刻本。

《五凤吟》有同治十年（1871）醉月楼刻本、同治十三年（1874）雪梅居士刻本。

《绿牡丹》有道光十八年（1838）崇文堂刻本、道光二十七年（1847）宝翰楼刻本、道光二十七年（1847）经纶堂刻本、咸丰十年（1860）宏道堂刻本、光绪七年（1881）京都泰山堂刻本、光绪十八年（1892）上海书局石印本。

《锦香亭》有道光年间大经堂刻本、道光年间经元堂刻本、道光年间爱莲斋刻本、同治年间经纶堂刻本、光绪年间上海扫叶书房刻本。

《五美缘》在道光年间遭禁毁以后，仍然有道光二十三年（1843）慎德堂、道光二十五年（1845）聚文堂、道光二十八年（1848）九如堂、咸丰四年（1854）文安堂、光绪元年（1875）上海书局等刻本。

《双凤奇缘》在同治七年（1868）遭禁以后，有光绪十一年（1885）傍梅书屋、光绪十一年（1885）崇经堂、光绪二十年（1894）宝善书局、光绪三十年（1904）上海书局刻本。

"收毁淫书，搜罗必难遍及，况利之所在，旋毁旋刻，望洋兴叹，徒唤奈何。"① 可见康熙、雍正朝的禁毁淫词小说法令一定程度上促使了艳情小说的衰落，导致了其刊刻在乾隆、嘉庆年间一度中断，却不能阻断它们的流传。

将此时期小说的刊印速度和传播速度跟清代前中期尤其是乾隆年间的情况做一番对比，会发现其明显有了很大的提高。首先，小说从问世到刊印的时间差较之前明显缩短了。很多时事小说都能较快刊印出版。例如，上海书局刊印的描写台湾战事的相关小说。甲午战败以后，清政府将台湾割让给日本，台湾军民义愤填膺，在刘永福将军的率领下，勇敢地抗击。而当台湾军民抗击日倭的行动还在进行时，相关小说就陆续问世。包括《刘大将军平倭百战百胜》《台湾巾帼英雄传》《台战演义》（原名《台战纪实》）等，都是以刘永福将军率领台湾军民抗击日军为内容而创作的。随后，这些小说迅速得到刊印发行。光绪二十一年（1895），上海书局就刊印了《刘大将军平倭百战百胜图说》和《新编绣像台湾巾帼英雄传》（初集），《台战演义》初刻本也于此年出现。又如，贾生所著的时事小说《辽天鹤唳记》，共十六回，叙述光绪二十九年十二月二十三日（1904 年 2 月 8 日）在中国东北境内爆发的日俄战争的经过。据贾

---

① （清）余治：《得一录》卷十一之一，转引自王利器：《元明清三代禁毁小说戏曲史料》，上海：上海古籍出版社，1981 年，第 194 页。

生序，该书于光绪三十年（1904）冬就刊印发行。而当时日俄战争仍在进行，直到光绪三十一年（1905）四月日俄海战才结束。是年9月5日，日俄正式议和，签订《朴次茅斯条约》。不过，该小说只叙述了日俄战争的前期情况，对于后续事件的发展，小说末回虽称"续编嗣出"，但至今未见。动荡不安的时局，刺激了小说的创作，促进了更多新作品的问世，且时事小说内容题材更接近现实。而刊印技术的发达，又保证了这些作品在问世之后都能较快得到刊印发行。事件发生时间、小说创作时间、小说刊印出版时间三者的差距极小，甚至几乎为同一时间。这种情况只有在近代才有可能实现。其次，小说印刷的时间周期也缩短了，即从付印到出版发行的时间差小了。这主要得益于铅、石印刷术的使用。西方的铅、石印刷术在刊印速度、刊印成本、刊印质量等方面都具有中国传统雕印技术所无法比拟的优势。这些从侧面体现了此时期小说禁毁对小说刊刻的影响已不如之前。

光绪至宣统年间，朝廷禁毁的重点已经不再是淫词小说或《水浒传》之类的"诲盗"小说，而是维新运动人士所著的小说。"小说界革命"兴起，把小说从社会文学结构的边缘推到中心地位，不仅推动新小说的发展，也给古典小说带来更大的生存空间，禁毁法令已成了强弩之末，这给了书坊主可乘之机，除了大量刊刻古典小说，各种类型小说的刊刻情况都非常多。其中以上海书局、上海广益书局、上海商务印书馆、上海锦章书局等为甚，所刊印的小说有相当一部分是之前几个朝代严令禁止的。清廷下令禁毁、书坊主照旧自行刊印、读者购买阅读，这似乎成了一个怪圈。

第二节　小说禁毁对小说刊刻形式和方法的影响

在朝廷禁毁小说势力的高压下，书坊主为求得生存、获取利益不惜铤而走险，继续刊印禁书，他们采取了很多迂回的方法，以求躲避惩处并使小说得以刊行传播。有的书坊主在刊刻书籍时不标明刻书者和刻书年代，如有思堂刻的《浓情快史》四卷三十回，醉月轩刻的《肉蒲团》六卷二十回、《浓情快史》四卷三十回，文新堂刻的《新镌批评出像通俗奇侠禅真逸史》八集八卷四十回，清和轩刻的《灯草和尚传》十二回等皆不知具体刊刻年代。王清源、韩锡铎编纂的《小说书坊录》中就载有300多种不知具体刊刻年代的小说。有的作者在编纂时也不道真名，很多只署其号，真实姓名身份皆无考。康熙、雍正两朝查禁琐语淫词，而这些小说不署著者、刻者，未尝不是禁令下的应对之举，尤其是在乾隆朝这样文网严密的时期，使得朝廷即使要惩处刊刻者也无从查起。现存很多小说版本都无法确定刊刻年份和刊刻者，只能以"坊刻本""坊刊本"来指称；还有一些书坊主在刊刻小说时，标榜上"京本""本衙藏板"等字样。比如，道光五年（1825）文星堂和金陵德聚堂刊刻的《新刻出像京本忠义水浒传》，以此来表示此版本是来自京师、经官方认可的，区别于蜀本、杭本等，很大成分是书贾的吹嘘欺瞒，仅仅是一个招揽生意的噱头，"乃借'京本'等字样为伪装，其意若曰，这是官方批准或官坊发兑的书，这样便可达到公开出售、广泛传播的目的了"①。

更有甚者，在禁毁政令的影响下，书坊主对禁毁的小说采用易名改题的方法"改头换面"重新刊印，虽然仍难逃被列入禁毁书目的命运，但以各种形式、各种版本侥幸流传存世。比如清顺治间蓬蒿子编次的《定鼎奇闻》，全书以《剿闯通俗小说》为蓝本，顺治八年（1651）庆云楼刻《绣像定鼎奇闻》二十二回，横署"盛世弘勋"，顺治八年载道堂又将其改名为《新世鸿勋》，横署"铁冠图全传"，此两本版式、字体完全一致。乾隆四十三年（1778）江宁布政

---

① 王利器：《元明清三代禁毁小说戏曲史料》，上海：上海古籍出版社，1981年，第29页。

使刊发的《违碍书籍目录》以书名"定鼎奇闻"将该书收入禁毁之列。遭禁后，书商不再使用"定鼎奇闻"一名，而是屡易其名以混人耳目，嘉庆十一年（1806）文渊堂、道光十六年（1836）文渊堂、光绪十八年（1892）文运堂重刻此书时，皆题为《新世弘勋》，姑苏稼史轩重刻时又改题为《新史奇观》，此外还有《大明传定鼎奇闻》《顺治过江全传》《新世鸿勋大明崇祯传定鼎奇闻》等别称。此书多种版本皆得以存世。再如《英烈传》，全名《皇明英烈传》，其版本书名更为繁多。存世有明三台馆刊本，卷首题"新刻皇明开运辑略武功名世英烈传"，卷三末题"新刻全像英烈演义"，不署作者；另有一种刊本，扉页题"官板皇明全像英烈志传"，书林余君召刊。乾隆四十六年（1781），湖南巡抚刘墉奏查禁毁的小说中，就包括《英烈传》。此小说遭禁后，直到道光十七年（1837），大文堂将此书剪裁改编，改题为《云合奇踪》再行刊刻，托名徐文长编。此后，拥万堂又刻《云合奇踪》二十卷八十则，文英堂刻《镌像云合奇踪》五卷八十回，怀德堂、英德堂刻《绣像京本云合奇踪玉茗英烈传》十卷八十回，致和堂、金陵德聚堂刻《绣像京本云合奇踪玉鼎英烈传》十卷八十回，三多斋刻《绣像京本云合奇踪玉鼎英烈全传》。就连《红楼梦》也曾于光绪十八年（1892）被万选书局改名《金玉缘》再行刊印。

此外，还有很多禁毁小说同样不知刻书者和刻书年代，或者版本、书名复杂繁多，不同刊本都采用不同的名称，这也是禁毁政令影响下书坊主易名改题、重新刊印的结果。下面简单列举一些版本、别名较多的禁毁小说①：

西湖渔隐主人所著的《欢喜冤家》，明末原刊本题为《欢喜冤家》，崇祯间赏心亭刊本二十四回又题为《贪欢报》，道光、同治年间，此书多次遭禁，但是后世坊刻本很多，书名几经改换，或作

---

① 据《清代禁书总述》《小说书坊录》等整理而成。

《贪欢报》《欢喜奇观》《三续今古奇观》，或改名为《艳镜》并对书中内容作了一些删削以应付朝廷的禁毁，清末石印本又再次改题为《欢喜浪史》。

风月轩又玄子撰的《浪史》，啸风轩大字本改题《巧姻缘》、啸风轩小字本改题《浪史奇观》、清末京报房活字本改题《梅梦缘》。

天然痴叟撰的《石点头》，清光绪间上海书局石印本改题为《醒世第二奇书》，又题《五续今古奇观》。

清初烟水散人编的《桃花影》，亦名《牡丹奇缘》，光绪二十三年（1897）上海书局石印本改题为《牡丹奇缘》。

情痴反正道人编次的《肉蒲团》，亦名《循环报》《觉后禅》《耶蒲缘》《野叟奇语》《钟情录》《巧姻缘》《巧奇缘》《玉蒲团》《风流奇谭》等。

清代笔炼阁主人编述的《五色石》，除八卷本外，另有《遍地金》四卷和《补天石》四卷，实即《五色石》之前四卷和后四卷，当为书贾割裂本书而改题书名。

《绣球缘》，光绪二十七年（1901）上海江南石印本改题为《绘图烈女惊魂传》，光绪三十二年（1906）上海书局石印本内封题为《绘图巧冤家》。

樵云山人编次的《鸳鸯影》，雍正七年（1729）刻本名为《飞花艳想》，其后曾改题为《鸳鸯影》《梦花想》《幻中春》。这些小说皆为道光十八年（1838）、道光二十四年（1844）、同治七年（1868）遭禁的"淫词小说"，书坊主易名改题再行刊印。

书坊主在刊刻时采取了上述各种曲折的处理方法，未尝不是一种应对禁毁运动的妙计，因而保存了很多资料，削弱了小说禁毁对小说刊刻的负面影响。但是他们擅自更改小说内容、模糊处理刊刻信息、乱改书名和作者等，影响了书籍的完整性，为后世研究增加了很多困难。功过是非难以论定，而这些在很大程度上正体现了小说禁毁政策对小说刊刻的复杂影响。

到了晚清，同样出现很多小说刊刻时改动书名、内容的现象。刊印技术的发展促进了出版方面的小说类型的变化，也促进了小说版本的多样化。光绪十七年（1891）到光绪二十五年（1899）是近代石印本小说发展的高峰期，此阶段不少机构大量翻印传统旧小说，其中以上海书局、文宜书局等为代表。石印技术的普及使得明清通俗小说的翻印活动在此时期进入鼎盛状态。多个机构争相刊印同一部作品，或者同一机构将一部小说多次再版，这导致了不少小说具有其他甚至多个不同的版本。机构在将已登载的小说单行出版时，也会更改小说的书名、署名或内容。

不少机构重刊小说单行本时，会将小说换个书名再行出版发行。这方面的代表当属上海书局。上海书局从光绪朝中期开始，翻印了大量的明清通俗小说，并且对多部小说的书名加以更改。比如，光绪十九年（1893）刊印《花月痕》，改题《花月姻缘》；光绪十九年（1893）刊印《狐狸缘全传》，改题《绘图仙狐窃宝录》；光绪二十年（1894）刊印《醉茶志怪》，改名《奇奇怪怪》；光绪二十年（1894）刊印《锦香亭》，改题《绘图睢阳忠毅录》；光绪二十二年（1896）刊印《熙朝快史》，改题《绘图异想天开》；光绪二十三年（1897）刊印《桃花影》，改题《绘图牡丹奇缘》；光绪二十五年（1899）石印《隔帘花影》，改题《花影奇情传》；光绪二十五年（1899）刊印《扫荡粤逆演义》，改题为《湘军平逆传》。其他刊印机构也多有此举。譬如光绪十四年（1888）苏州红叶山房刊印《两交婚小传》，改题《双飞凤全传》；光绪十九年（1893）淞隐庐出版王韬《淞隐续录》，改题《淞滨琐话》；光绪二十年（1894）上海群玉山房石印出版《宋太祖三下南唐》，改题《绘图第一侠义奇女传》；光绪三十二年（1906）中新书局刊印《皇明中兴圣烈传》，改题《魏忠贤轶事》，等等。

那些由多个机构重刊的小说，书名更改的情况则更加复杂，几乎每有一个机构重刊一次，书名就更改一次。主要有以下小说：《锋剑春秋》，光绪元年（1875）上海顺城书局石印本改题《后列国志》，光绪十九年（1893）上海宝文书局石印本改题《绘图增像后列国志》，光绪二十六年（1900）上海江南书局石印本改题《万仙斗法兴秦传》，光绪二十七年（1901）上海大经楼石印本改题《万仙斗法后列国志》。又如《绣球缘》，光绪二十七年（1901）上海江南书局石印本改题《绘图烈女惊魂传》，光绪三十二年（1906）上洋海左书局石印本改题《绘图巧冤家》，卷端题"绣像烈女惊魂传"。又如《莲子瓶演义传》，同治十年（1871）瀛海轩刊本改题《后唐奇书莲子瓶演义传》，光绪二十六年（1900）上海书局石印本改题《绘图第五奇书银瓶梅》，光绪年间上海石印本改题《第一奇书莲子瓶》。而书名更改最为频繁的小说，当属韩邦庆的《海上花列传》。光绪二十年（1894）四月点石斋石印本题《海上花列传》，光绪二十年（1894）五月寄售文宜书局、十万卷楼的版本改题《绘图海上看花记》，光绪二十一年（1895）十一月肇记书局石印本改题《绘图海上青楼宝鉴》，光绪二十五年（1899）五月五彩地图印书会版本改题《绘图海上风流传》，光绪二十七年（1901）四月江南书局刊本和光绪三十四年（1908）日新书局刊本皆改题《海上百花趣乐演义》，光绪三十四年（1908）上海书局石印本又改题《海上看花记》。

有的机构重刊小说时，不仅更改书名，还会擅自更改书的序、跋或内容。光绪十七年（1891）纬文阁发兑、鸿文书局印刷《淞隐漫录》，改题《绘图后聊斋志异》，而且擅自改动王韬的自序，将"名之曰《淞隐漫录》"改为"名之曰《后聊斋志》"，并且删去了"余自此去天南之遁窟，住淞北之寄庐，将或访冈西之故园，而寻墙东之旧隐，伏而不出，肆志林泉"[1] 这几句解释书名缘由的话语。有意思的是，光绪二十九年（1903）点石斋再次刊印该小说，同样

---

① （清）王韬：《淞隐漫录》，转引自朱一玄编：《明清小说资料选编》下，天津：南开大学出版社，2012 年，第 1098 页。

抛弃了《淞隐漫录》这个书名，改题《绘图后聊斋志异》。卷首刊印的王韬的自序仍然写的是"而名之曰《淞隐漫录》"，但在署名之后却加上一句"而爰名之曰《后聊斋》"。

又如，光绪三十一年（1905）上海文元阁书庄石印本《绣像兰花梦奇传》，实为光绪三十年（1904）上海宏文馆所出之《支那儿女英雄遗事》。文元阁的版本将序言中的"吟梅山人撰《支那儿女英雄遗事》一书"改为"吟梅山人撰《兰花梦奇传》一书"，书名页背面的牌记题"光绪乙巳年上海文元阁书庄石印"，又将署名改为"光绪御极三十一载乙巳元旦日，烟波散人题于沪江窗明几净斋"，并且将个别回目做了更改。这种情况也出现在翻译小说的刊印中。光绪三十二年（1906）小说林社翻刻经世文社于光绪二十六年（1900）出版的《八十日环游记》，改题《环球旅行记》；后有正书局又将其改为三十七节，并改题《环球旅行记》出版。

为什么刊印机构要多次更改小说书名或书的内容呢？在此之前，一直都有书商、书坊主更改书名的现象，其中一个重要原因就是清政府的小说禁毁政策。书商将可能遭禁毁的小说更改书名或删去某些部分，以躲避清政府的清查，这种情况在乾隆时期尤为突出。然而，到了近代，小说禁毁已经不是刊印机构更改小说书名的重要原因。此时期小说禁毁的力度已经很弱，尤其是光绪中后期开始，旧小说已经不是小说禁毁的重点。近代清廷的小说禁毁活动，主要有两次：同治七年（1868），江苏巡抚丁日昌掀起了清朝最后一次大型的禁毁小说活动，设销毁淫词小说局。此次禁毁运动所开的《应禁书目》包括小说戏曲122种，在道光二十四年（1844）的《禁毁书目》的基础上，删去了《绮楼重梦》一书，又增加了3种小说，即《龙图公案》《品花宝鉴》《红楼重梦》。光绪年间，朝廷禁毁的重点已经不是淫词小说一类的古典小说，而是"学术乖谬，大

悖圣教"① 的维新派书籍。此类小说更让封建统治者忌惮，朝廷为
了肃清维新派的影响，大量禁毁维新派的书籍，于光绪二十四年
（1898）、光绪二十六年（1900）下谕禁毁康有为、梁启超等的著
作，包括梁启超的《新中国未来记》《夏威夷游记》《意大利游记》
等。不过，此时的禁毁法令已成了强弩之末。光绪二十八年十月十
五日（1902 年 11 月 14 日）《新小说》第一号开始登载《新中国未
来记》。可以说，"小说界革命"兴起，把小说从社会文学结构的边
缘推到中心的地位，不仅推动新小说的发展，也给古典小说提供更
大的生存空间。这给了刊印机构可乘之机，纷纷大量刊刻古典小说，
其中以上海书局、上海广益书局、上海锦章书局等为甚。当然，小
说禁毁政令的余威犹存，机构为了更稳妥地躲避清廷的惩处或招徕
读者，大都采用易名改题的方法来重新刊印。比如，上海书局将
《定鼎奇闻》改题《铁冠图全传》，将《隔帘花影》改题《花影奇情
传》，将《桃花影》改题《牡丹奇缘》，将《锦香亭》改题《绘图睢
阳忠毅录》，等等。这些都是之前几个朝代严行禁止的小说。

　　需要注意的是，到了晚清，小说禁毁令已经不是最主要的原因，
与躲避朝廷禁毁活动相比，谋求经济利益才是近代书商改动小说的
重要原因。首先，为什么这些机构要多次重新刊刻旧小说，甚至多
个机构争相刊印同一部小说？一方面是因为稿源有限。近代先进刊
印技术尤其是石印技术的应用，虽然极大地提高了小说刊印的效率，
但是也对小说资源有更大的需求。而此时期小说创作尚未进入繁荣
时期，外国翻译小说也尚未大量引入。稿源供不应求的局面，促使
刊印机构不得不将目光投到传统旧小说。另一方面是因为有利可图，
或者说是考虑到读者的喜好。刊印机构多次重刊旧小说，不是毫无
选择的，他们刊印的多是受读者喜爱的畅销作品。近代小说读者的

---

　　① 《清德宗实录》卷四百二十七·光绪二十四年八月丁酉条，北京：中华书局，
1987 年，第 609 页。

数量快速扩张，他们的阅读取向与审美趣味也在逐渐改变。而近代商业型机构以盈利为目的，更为重视读者的反应，会迎合读者的阅读行为、审美趣味，从而调整自己的刊印策略。读者喜欢看狭邪小说、公案小说、演义小说等传统旧小说，那么刊印机构就会抓住商机多次刊印。

但是，多个机构刊印同一部小说，必然使这部小说失去新奇感，没有了竞争力，也就无利可图，为此书商只能另辟蹊径。最简单的方法就是更改小说的文本形式或书名，将其伪装成另一种新的小说，以制造新奇效果，炫人耳目。书商还会为这些改头换面的旧小说打上"向无刊本""近时新书""近人新撰"等宣传语，以吸引更多消费者的兴趣。比如，光绪十九年（1893）珍艺书局刊印《施公案后传》，改题《清烈传》；光绪二十年（1894）北京琉璃厂刊印《彭公案》，改题《大清全传》；光绪二十四年（1898）苏报馆刊印《儿女英雄传》，改题《侠女奇缘》。这几部小说都是当时的畅销书，已经有多个机构刊印过，珍艺书局、北京琉璃厂、苏报馆不得不出此下策，改个书名伪装成另一部小说以招徕读者。这些举措虽然扩大了小说的传播范围和影响力，但是对小说的发展也产生不良影响。一方面是重复出版会造成出版资源的浪费，另一方面是这些商业型机构重刊小说时，必然以经济利益为主，有的不仅刊印草率，有错漏、模糊之处，甚至擅自改动小说书名或改造内容，增删篡改。这不仅影响到书籍的完整性和真实性，而且加剧了整个出版界和小说市场的混乱之象。光绪十六年九月初六日（1890年10月16日），《申报》登载一则"为业之难"的启事，云："斯业者，石印以来货贱价微，而藏本印售则可获利，仆前有秘本数种，印售未久，外或翻板，或缩照，各局坊相继而起，未有规例，茫无究问。"到光绪后期，这个情况更为恶化。

近代单行本小说刊印对小说发展产生了深远的影响。近代刊印机构通过组织一批固定的作家群体和开展小说征文活动，推动新小说的创作，并对小说题材和篇幅起到一定的引导作用。刊印技术的提升缩短了小说创作与出版、发行之间的时间差，加快了小说的传播速度，扩大了小说的传播范围和影响力。而不少机构在争相刊印同一部作品，或者同一机构将一部小说多次再版时，会擅自改动小说书名或改造旧小说的内容，这导致了小说版本的多样化。

可见，清代小说禁毁虽然对小说刊刻的整体情况造成了一定影响，促使艳情小说、历史演义小说的刊刻在乾隆、嘉庆年间一度中断，延缓了某些小说的刊刻问世，但是也促进了刊刻手法的更新。清代小说禁毁在小说刊刻方面的影响效果不尽如人意，小说刊刻具有更强的商业性，书贾唯利是图的商人本色令他们冒着被惩处的危险，在禁毁风声稍弱时更加大量刊刻，跟统治者斗智斗勇，使禁毁小说的法令流于形式，削弱了小说禁毁对小说刊刻的阻碍作用，降低了禁毁影响力的持续性。

第四章　小说禁毁对小说传播和接受的影响

　　清朝统治者所颁布的禁毁小说法令，覆盖了小说传播的诸多途径，不仅影响小说的刊刻，还涉及小说的租赁、售卖、阅读等环节，多条禁令都明确提出禁止售卖、私藏禁毁的小说等。这在一定程度上阻碍了小说的流传存世和顺利接受，但是小说禁毁在小说传播方面的影响远不如其在小说创作方面那样明显而有力。

　　首先，清代小说的传播途径和载体形式更为丰富多样，人们可以通过购买、租赁、借阅来阅读纸质小说，也可以通过评话、弹词、鼓词等各种说唱和戏曲演出等方式来接触改编后的小说，这就使得小说的流传更为便利，接受范围更为宽广。尤其是说唱、戏剧演出这些民众喜闻乐见的娱乐方式，成本比书籍传阅低，且传播速度更快，影响范围更广，讲述的故事和塑造的形象也更深入人心。这些都加大了小说禁毁的难度。其次，清代小说的接受对象主要是中下层文人和市井百姓，其数量之多、规模之大，远非前代可比。明万历以前，由于书价较贵，小说读者主要是商人和有一定经济基础的读书人，明末以后，手工业和城市商业的繁荣使市民阶层迅速扩大，同时随着印刷术的发展，书价下降，大量市民也加入小说读者群体中，形成了市民化的读者群，这为小说的传播提供了广大的群众基础。最后，人们阅读小说尤其是通俗小说，主要是出于娱乐目的，不同于出于学习教化、考取功名等原因而去阅读圣贤之书。小说能娱人耳目，人们把阅读小说当作一种消遣、娱乐，这种愉悦、好奇的心态是无法用行政手段遏制抹杀的，正如钱湘在《续刻荡寇志序》

中写道："淫辞邪说，禁之未尝不严，而卒不能禁止者，盖禁之于其售者之人，而未尝禁之于阅者之人。"① 因此，小说禁毁会在一定程度上阻碍小说的流传存世和顺利接受，却无法真正扼制小说的内在生命力和人们对小说的热情。

第一节　小说禁毁对小说传播的影响

清廷颁布了近30条禁毁法令并掀起了几次大型禁书运动，其中有些小说更是多次被列入禁毁书目单中，这种强制性的行政手段使得一些小说难以完整保留，内容、章节或主旨被删除、篡改，甚至在禁毁中走向亡佚，给中国小说的发展和中国文学乃至精神文化生活都造成了无法弥补的损失。当然，小说的缺损、亡佚有很多方面的原因，长篇小说要完整无误地流传下来更是难上加难，但是小说禁毁绝对是小说流传过程中不可忽视的负面因素之一。小说禁毁对小说流传的影响，主要通过以下两方面来实现。

一方面是朝廷对遭禁小说所采取的删改之举。乾隆朝纂修的大型丛书《四库全书》，据文津阁藏本，共收录 3 462 种图书，系统、全面地总结了中国古代文化，是集大成之作，是一代之盛业，为后世保留了很多珍贵的书籍和资料。但是，我们必须看到，《四库全书》的编修不仅是官方征集图书，而且是借此对所有书籍进行删减、篡改，以销毁反动记载。当时乾隆下令，让全国藏书者自检自查，凡发现书中有不利于清朝统治的言论立即上交，如果不上交，一旦被朝廷发现，就会处以重刑。《四库全书》编纂期间正是清朝文字狱的顶峰，不仅数量多，而且刑法更加残酷，弄得人心惶惶。在这种重压之下，部分图书被官方统一销毁，还有的图书则被藏书者主动

---

① （清）钱湘：《续刻荡寇志序》，转引自王利器：《元明清三代禁毁小说戏曲史料》，上海：上海古籍出版社，1981 年，第 33 页。

销毁。禁毁书籍的方式包括全毁、抽毁、删除、篡改等，无所不用其极，大量书籍被改得面目全非。正如民国著名历史学家吴晗所言："清人纂修《四库全书》而古书亡矣。"而清廷对小说的禁毁也采取同样的方式。道光十八年（1838）江苏按察使裕谦设公局收毁淫词小说时，有人提出了《删改淫书小说议》：

> 拟一釜底抽薪之法，欲罗列各种风行小说，除《水浒》《金瓶梅》百数十种业已全数禁毁外，其余苟非通部应禁，间有可取者，尽可用删改之法，拟就其中之不可为训者，悉为改定，引归于正，抽换板片，仍可通行，所有添改之处，则必多引造作淫词及喜看淫书一切果报，使天下后世撰述小说者，皆知殷鉴，不致放言无忌。……筹款设局，汇集各种小说，或续或增，或删或改，仍其面目，易其肺肝……①

统治者为了扼杀异端文化、实现文化专制而采取的删改、篡改的方法，自以为仁慈、高明，殊不知此乃最为阴险恶劣之举！这种篡改之举往往使小说变得面目全非，失去了原有的价值和魅力。

另一方面，在禁毁运动的高压下，书坊主为使小说得以顺利发行获利，会在针对性地删改了某些可能触犯禁忌的部分后再行刊刻。出于商业利益而做的这些删改之举，破坏了书籍的原本面目，被删改的内容甚至可能因此彻底消失。比如李渔所著的小说《无声戏》的完整原版已经没有存世，顺治十七年（1660）发生了张缙彦之案，《无声戏二集》也因此禁止发行。但李渔把小说中关于张缙彦的部分删去，重新编排一集、二集，改书名为《连城璧》，仍用旧板重印，

---

① （清）余治：《得一录》卷十一之一，转引自王利器：《元明清三代禁毁小说戏曲史料》，上海：上海古籍出版社，1981年，第194页。

康熙年间书坊为射利又改成《连城璧全集》（十二卷）、《连城璧外编》（六卷）。现存所见的《连城璧》中均没有萧震所说的"不死英雄"等内容，可见小说在重新刊刻时已被删改，先前遭禁的那个完整版本已无法看到，存世的《无声戏二集》的几种版本都有所残缺。

　　更有一些小说文本在禁毁中亡佚，或者最终残缺不全、流失海外。据《中国古代小说总目》《中国通俗小说书目》《清代禁书总述》等记载，在清代遭禁的小说中，有的仅存残本。例如，明末清初短篇小说集《载花船》，四卷十六回，每卷演一故事，原题"西泠狂者笔，素星道人评"，于道光、同治年间遭禁，现存各刊本、抄本皆不全，主要有四种版本：仓石藏本，孙楷第《中国通俗小说书目》云"日本仓石武四郎藏有刊本（今归日本东洋文化研究所），仅存三卷十二回，每卷演一故事，有图"①；北京大学藏本，仅八回，无序及图；英藏抄本，据柳存仁《伦敦所见中国小说书目提要》著录，仅存四回；俄藏抄本，存四回，每回分装两册。还有清代小说集《锦绣衣》，编者署潇湘迷津渡者，真实姓名不详，于道光、同治年间遭禁，此书原本未见，仅据中国社会科学院文学研究所藏《换嫁衣》所题"纸上春台第三戏新小说锦绣衣第一戏"，得知该书的存在。明代小说《镇海春秋》，题"吴门啸客撰"，存世有明末崇祯刊本，乾隆四十六年（1781）遭禁，残存第十至二十回。还有部分被禁毁的小说戏曲流传至今日，却只在禁毁书目单中出现过，在各种小说集、小说书目中皆不见记载，如《凤点头》《风流艳史》《风流野志》等。这些小说的残缺不全或亡佚，固然是由多方面原因造成的，但人为的小说禁毁在小说流传过程中无疑有阻碍作用，推波助澜地造成现存版本的残缺不全。从这个方面而言，清代小说禁毁对小说的流传造成了影响深远的损失和不可弥补的遗憾！

　　值得庆幸的是，在小说禁毁运动的影响下，大部分遭禁的小说

---

　　①　孙楷第：《中国通俗小说书目》，北京：中华书局，2012 年，第 83 页。

仍然广为流传并为民众所喜闻乐见，才得以顺利流传至今。清代禁毁的小说中，淫词小说占大多数，其中禁毁得比较严厉的几种，包括《灯草和尚》《如意君传》《浓情快史》《株林野史》《肉蒲团》等，都于嘉庆十五年（1810）六月、道光十八年（1838年）、道光二十四年（1844）、同治七年（1868）多次遭禁，是朝廷重点打击的对象，但是这些淫词小说大部分得以传播并流传后世，甚至版本颇多。比如《浓情快史》，成书于明末，存世有啸花轩本，署"嘉禾餐花主人编次"，此书在嘉庆年间被查禁以后，仍广为流传，甚至传播到闺阁之中。嘉庆九年（1804）成书的《蜃楼志》第三回中写道："素馨自幼识字，笑官将这些淫词艳曲来打动她。不但《西厢记》一部，还有《娇红传》《灯月缘》《趣史》《快史》等类。素馨视为至宝，无人处独自观玩。"① 可见，即使朝廷多次下令禁毁淫词小说也无法阻断这些小说的传播，甚至在当时闺阁读物中，《浓情快史》之类的禁书也赫然在列。又如《金瓶梅》，存世的版本有三种，此书奠定了世情小说发展的基础，传世后就得到众多文人的关注，其中不乏名士显宦。在道光十八年遭禁以后，此书仍然流传甚广，影响到清末小说《海上花列传》的叙述语言、《官场现形记》的立意和笔法等，也为其他文学样式提供了素材，甚至很早就流传到海外。最早在1853年法国就出现了《金瓶梅》节译本，日本在1831—1847年已出版了改编本《草双纸新编金瓶梅》（草双纸即江户时代插画通俗小说）。由此可见，大部分遭禁的小说躲过了禁毁运动的扼杀，仍广为流传。

上述这些所谓的淫词小说，大多数的文学价值和学术价值并不高，甚至书中存在很多糟粕，但小说禁毁不能阻断它们的流传。这些平庸之作尚且能逃过朝廷的禁毁，那些优秀小说的流传就更无法被人为阻断。《水浒传》《红楼梦》之类的巨著，其丰富的价值并没

---

① （清）庾岭劳人：《蜃楼志》，北京：华夏出版社，2013年，第19页。

有因为禁毁而受到影响，其优秀的内容经受住了时间的考验和封建势力的摧残，宣告了禁毁法令的失败。

最好的例子就是《水浒传》，它是被清廷禁毁最多次的小说。清朝统治者于乾隆十八年（1753）、乾隆十九年（1754）、嘉庆七年（1802）、嘉庆十八年（1813）、道光十八年（1838）、道光二十四年（1844）和同治七年（1868）都明令禁毁《水浒传》，多次打击该书的传播，但是它仍然屡禁不止，广为流传，而且留存至今。现存的《水浒传》版本相当复杂，大致可分为繁本系统和简本系统，有71回本、100回本、120回本、103回本、110回本、115回本、124回本7种版本。在清代，《水浒传》被农民起义军奉为起义的教科书，从中学习行军用兵之道。嘉庆年间的白莲教等教乱也如此，即统治者所说的"愚民之好勇斗狠者，溺于邪慝，转相慕效，纠伙结盟，肆行淫暴"[①]，这些"暴行"正是受《水浒传》之类书籍的影响。而上层文人、士大夫中也有人无视禁令，阅读甚至熟识《水浒传》，在大庭广众之下谈及这部禁书。比如，清代徐珂在《清稗类钞》卷三十五《诙谐类》写道："先是文达行步最疾，每入朝，同僚咸落后，彭文勤戏语同人曰：'晓岚确是神行太保。'文达应声曰：'云楣不愧圣手书生。'比遭此厄，不良于行者累日，文勤又嘲之为李铁拐焉。"[②] 文达即主持纂修《四库全书》的纪昀，这些达官贵人与同僚拿《水浒传》中人物的绰号来互相取笑，倘若这些文人没有读过《水浒传》，岂能对书中人名如此熟练地脱口而出？可见，小说禁毁政策并不能完全阻断小说在文人、士大夫群体里的流传。《清稗类钞》又写道："高碧湄，名心夔，捷南宫后，改官知县。令吴县时，适童试，高出坐大堂点名给卷，诸童绕之三匝，有在人丛中效礼房

---

① 《大清仁宗睿皇帝圣训》卷十六《文教》一，转引自王利器：《元明清三代禁毁小说戏曲史料》，上海：上海古籍出版社，1981年，第56页。

② （清）徐珂：《清稗类钞》，转引自王利器：《元明清三代禁毁小说戏曲史料》，上海：上海古籍出版社，1981年，第24页。

声口唱曰：'高心夔。'一童曰：'何不对《水浒传》之矮脚虎？'碧湄闻而大赞曰：'好极，好极！'众哄然鼓掌。"①《水浒传》是清廷多次严禁的小说，如果按照禁令规定禁止阅读、刊印、售卖、私藏，其传播度必然大受影响。但是事实证明，禁令无法阻断它的传播，连参加童试的小书生都熟识《水浒传》里的人名，毫不避讳地道出并传为美谈，可见即使身处文网严密、禁书严厉的康雍乾时期，一些优秀的禁毁小说仍然会在文人群体里流传。

又如曹雪芹所著的《红楼梦》一书，多次遭到清廷的禁毁，但不管是政令还是舆论，都不能削弱它的魅力，不能真正阻断它在文人群体和下层民众中的广泛流传。清代陈其元在《庸闲斋笔记》中记载其在杭州读书时，"闻有某贾人女，明艳工诗，以酷嗜《红楼梦》，致成瘵疾。当绵惙时，父母以是书贻祸，取投之火。女在床乃大哭曰：'奈何杀烧我宝玉！'遂死"②。这个例子可以体现出这个女子对《红楼梦》的痴迷程度，为之痴狂乃至病重而死，也为那些宣扬小说为万恶之源的道德卫士提供了禁毁小说的事实证据。

除了阅读《水浒传》《红楼梦》，还有不少文人出于对《水浒传》《红楼梦》等小说的推崇或喜爱，通过撰写续书的方式来抒发自己的感情和看法，且其热情并没有因为原作遭禁毁而有所消减。从《红楼梦》问世以来，就不断有文人撰写的相关续书。清代《红楼梦》的续书多达四十余部，现存可见的《红楼梦》程本续书至少有十三种，分别是：《后红楼梦》三十回，清逍遥子撰，作于乾隆末、嘉庆元年间；《续红楼梦》三十卷，清秦子忱撰，嘉庆四年（1799）己未刊；《红楼复梦》一百回，清陈少海撰，嘉庆四年（1799）刊；《绮楼重梦》四十八回，兰皋居士撰，嘉庆十年（1805）乙丑刊；《续红楼梦新编》四十卷，海圃主人撰，嘉庆十年

---

① （清）徐珂：《清稗类钞》，转引自王利器：《元明清三代禁毁小说戏曲史料》，上海：上海古籍出版社，1981 年，第 25 页。

② （清）陈其元：《庸闲斋笔记》，北京：中华书局，1989 年，第 212 页。

（1805）乙丑刊；《红楼圆梦》三十回，长白临鹤山人撰，嘉庆十九年（1814）甲戌刊；《红楼梦补》四十八回，归锄子撰，嘉庆二十四年（1819）乙卯刊；《补红楼梦》四十八回，嫏嬛山樵撰，嘉庆二十五年（1820）甲戌刊；《增补红楼梦》三十二回，嫏嬛山樵撰，道光四年（1824）甲申刊；《红楼幻梦》二十四回，花月痴人撰，道光二十三年（1843）甲戌刊；《红楼梦影》二十四回，云槎外史撰，光绪三年（1877）丁丑刊；《续红楼梦》二十回，张曜孙撰，未完稿本；《新石头记》四十回，吴趼人撰，光绪三十一年（1905）《南方报》刊十二回，光绪三十四年（1908）出版四十回本。道光十八年（1838）五月，苏郡设立惜书局收毁淫书。随后颁布了《计毁淫书目单》，共包括小说戏曲116种，《红楼梦》及其续书《续红楼梦》《后红楼梦》《补红楼梦》《红楼圆梦》等赫然在列。但直到光绪年间，仍然有《红楼梦》的续书问世。撰写续书，一方面是出于对经典的崇拜与模仿心理，这种心态又与对名著的附骥心理联系在一起。一些续书作者希望与作者一并不朽，因此总是选择名著或在当时有较大影响力的小说作为续写对象，借其名气为自己的小说扬名。也有的作者出于"借他人之杯酒，浇胸中之垒块"的心态，在高压的文化政策下，不敢直言，只能以特殊的艺术形式隐晦地抒发一己之抱负。此外，还有政治劝诫、经济利益和读者接受心理等多方面原因促使了续书的产生。从《红楼梦》的续书，我们可以看到清朝禁毁政令并没有达到预期效果，并不能阻断小说的流传。与此同时，我们也得承认这样的文化环境对小说创作、流传还是产生了一些影响。将《红楼梦》的续书和明末清初的《水浒传》续书做一番对比可以看到，《水浒传》的续书在思想内容上具有明确的政治立场与观点。但是《红楼梦》的续书，可能是出于避祸心理，续书作者们不直接在作品中表达自己的政治立场等，而是表达他们对《红楼梦》中人物的褒贬，对《红楼梦》中所表现的思想精神与价值判断的看法，以及表达他们的生活理想。

另外，我们可以从一些文献记载看到当时民众对这些禁毁政令的反抗。清代顾公燮的《消夏闲记摘钞》卷上和清代钱泳的《履园丛话》卷一《旧闻》，都记载"胡文伯为苏藩，禁开戏馆，怨声载道"①。《大清高宗纯皇帝圣训》卷一百九十九《严法纪七》也记载，乾隆二十三年（1758）守备张彬佐禁止村民演剧，被村民殴打捆缚。从这些记载可以看到，朝廷禁止百姓演戏，百姓在压制之下发出抱怨甚至做出反抗，这说的虽然只是两次戏曲禁令的实施效果，但是，可以想见大受民众欢迎的小说遭到禁毁时，民众可能会产生的激烈反抗斗争。而且这样的斗争，相信在整个封建统治时期肯定发生过不止一两次，只是消息被封锁或没有记录下来而已。更典型的例子是太平天国焚毁《荡寇志》一事。《荡寇志》是清代作家俞万春创作的小说，共七十回，又名《结水浒传》。俞万春于道光六年（1826）开始创作该小说，道光二十七年（1847）写成，咸丰三年（1853）《荡寇志》刊于苏州。《水浒传》这一类有违统治阶级利益的、具有"反抗性"的小说很容易受到正统文人的反对和政府的查禁，于是就有文人迎合朝廷政治主张，借写创作续书来批判名著，达到宣扬伦理教化，以求为统治阶级的长治久安制造舆论。俞万春仇视以宋江为首的梁山泊农民起义，这种思想跟腰斩《水浒传》的金圣叹一致，而《荡寇志》正是在"以尊王灭寇为主"的目的下创作而成，以期与《水浒传》相抗衡。这部作品也成了朝廷官僚反对农民起义和宣扬官军威力的工具书。但是《荡寇志》明显不得人心，太平天国十年（1860）六月二日，太平军占领苏州，就把反《水浒传》的《荡寇志》书板一火而焚之②。可见小说禁毁政令虽然严苛，限制了小说的正常流传，但并不能禁锢人们的思想。

---

① （清）顾公燮《消夏闲记摘钞》卷上、（清）钱泳《履园丛话》卷一《旧闻》，均转引自王利器：《元明清三代禁毁小说戏曲史料》，上海：上海古籍出版社，1981年，第33页。

② （清）钱湘：《续刻荡寇志序》，转引自王利器：《元明清三代禁毁小说戏曲史料》，上海：上海古籍出版社，1981年，第41页。

清代小说的传播途径和载体形式更为丰富多样，人们可以通过购买、租赁、借阅等方式接触到小说。对于市井一般读者，尤其是生活在社会底层的民众，经济能力有限，温饱之余可能没有那么多钱来购买书籍，又禁不住小说的吸引，往往就采用租赁的方式来阅读小说。书坊到了清代已发展得相当成熟，明清时期的坊肆不仅刊印、销售书籍，还提供图书租赁、售卖业务，甚至有的书坊主亲自参与通俗小说的编撰。到清代后期，除了传统的书坊，还出现了一些商业性机构，甚至是兼具出版书籍和发行报刊功能的综合性机构，如申报馆、商务印书馆、群学社、小说林社等。这些商业性机构，为了谋取更大的经济利益，努力完善自己，包括引进新技术和设备、扩展业务范围等。各机构自身的功能逐步完善，业务分工也越来越明确。刊印业务，从只刊印书籍发展到编译、印刷、发行、销售都有，甚至可以承印、代印、寄售。嘉庆二十三年（1818）诸明斋的《生涯百咏》卷一《租书》中写道：

> 藏书何必多，《西游》《水浒》架上铺。借非一瓻，还则需青蚨。喜人家记性无，昨日看完，明日又租。真个诗书不负我，拥此数卷腹可果。[①]

这段描述应该是从书商、书坊主的角度出发的，通过借、租书籍的方式获利。从中可以看出当时小说在民众中的盛行，以及租书这种方式的普遍性。对于书商而言，这是巨大的利益来源；对于读者而言，这是接触小说的便利方式。

民众这种阅读小说的方式自然躲不过统治者的关注，引得统治者将禁毁的矛头也对准了书坊主和小说租赁、借阅等环节。据清代

---

① （清）诸明斋：《生涯百咏》，转引自朱一玄、刘毓忱：《〈西游记〉资料汇编》，郑州：中州书画社，1983年，第300页。

琴川居士编的《皇清奏议》卷二十二记载，康熙二十六年（1687）刑科给事中刘楷上奏疏请除淫书，称："自皇上严诛邪教，异端屏息，但淫词小说，犹流布坊间，有从前曾禁而公然复行者，有刻于禁后而诞妄殊甚者。臣见一二书肆刊单出赁小说，上列一百五十余种，多不经之语，诲淫之书，贩买于一二小店如此，其余尚不知几何？"① 可以看出当时市面上书籍售卖的相关情况。《劝诲淫书征信集》记载，乾隆三年（1738）刑部议覆广韶学政王丕烈奏禁淫词小说：

> 或地方官奉行不力，日久法弛，致向来旧书，至今销毁未尽；甚至收卖各种，公然叠架盈箱，列诸市肆，租赁与人，供其观看。若不并行申禁，不但旧板又复刷印，且新板接踵刊行，实非拔本塞源之计。……其有开铺租赁与人者，照《市卖例》治罪。……如该管官任其收存租赁，明知故纵者，照《禁止邪教不能察缉例》，降二级调用。②

除了中央法令，各地方也纷纷响应，多次下达禁止售卖、租赁禁毁小说的法令。但是多次重申类似的禁令，恰好从侧面证明了这些禁令的失效。小说租赁、借阅这种于书坊主和读者皆有益处的方式，并没有因为统治者的禁止而消失。

可见，小说的传播途径和载体形式是丰富多样的，清朝统治者的禁毁政策一定程度上阻碍了小说的流传，其删改之举也导致了部分小说不完整，破坏了书籍的原本面目，被删改的部分甚至可能因此而彻底消失，更有一些小说文本在禁毁中亡佚，或者最终残缺不

---

① （清）琴川居士编：《皇清奏议》，转引自王利器：《元明清三代禁毁小说戏曲史料》，上海：上海古籍出版社，1981年，第24页。
② 《劝诲淫书征信集》，转引自王利器：《元明清三代禁毁小说戏曲史料》，上海：上海古籍出版社，1981年，第42页。

全、流失海外。但是统治者的禁毁并不能禁止这些小说的流传，也不能全面覆盖小说流传的各个领域和各种方式，不能切断小说流传的途径，不能真正禁止小说尤其是优秀小说的流传。而小说的作者和读者也采取一些或隐晦或激烈的措施来表达他们对统治者暴力禁毁的反抗，一定程度上也削弱了小说禁毁政令对小说流传的影响。

第二节　小说禁毁对小说接受的影响

清朝统治者为稳固政权统治、加强文化专制而执行小说禁毁政策，除官方颁布法令、掀起大规模查禁书籍运动等强制手段外，还采取了一些辅助措施来保证禁毁法令的顺利执行，把禁毁的魔爪伸到了社会精神文化的各个层面。中央朝廷禁毁小说，各地方家族、各级书院等则积极响应，引导社会制造各种关于禁毁小说的社会舆论，包括官箴、家训、乡约、清规、会章、舆论、因果报应等，把禁毁小说的法令普及到各家各户。这些禁毁措施正是注意到了小说的强大传播效应，以及在社会风化方面的影响力。这些社会舆论并不具备法律效力，对小说发展的影响不像文字狱、中央法令那样骇人听闻、立竿见影，而是在潜移默化中影响民众对小说的态度，误导民众对小说的认识，混淆民众对文学作品的正确判断，从而干扰小说的传播和民众对小说的接受。这方面的影响需要经过一段时间才显现，但其效力更为深远长久，其后果也更为危险可怕。

小说禁毁所引导制造的社会舆论，涉及社会生活的各方面，归纳起来主要包括以下两方面的内容：

一是宣扬小说尤其是淫词小说的危害。通俗小说一向被主流社会所轻视，跟诗文这些正统文学完全不能相提并论，尤其一旦有笔墨涉及情爱甚或艳情、淫秽，就更加被视为万恶之首。各种家训都严禁淫词小说，警戒后世子孙远离此类书籍。比如清代蒋伊的《蒋氏家训》云:"宜戒邪淫,家中不许留畜淫书,见即焚之。"① 又如清代黄正元《欲海慈航》云:"淫艳之书,不置案头,一以古今节烈之事,演述化导,令所见所闻,皆有规矩,此又端本澄源之道也。"② 认为淫词小说会腐化人心,只有阅读那些演述节烈之事的书籍才是正途,才能端本澄源。清代李仲麟《增订愿体集》卷二曰:

> 淫词小说,多演男女之秽迹,敷为才子佳人,以淫奔无耻为逸韵……伤风败俗,灭理乱伦,则淫词小说之为祸烈也。即有因果报应,但人多略而不看,将信将疑;况人好德之心,决不能胜其好色之心,既以挑引于前,岂能谨饬于后。有司者正其士民,有家者闲其子弟,于此等淫词,严行禁毁。③

这段话不仅点明淫词小说的害处,认为它是伤风败俗的"祸烈",而且对人心有比较精准的分析,认为好德之心不能胜其好色之心,所以需要严加禁毁淫词小说。清代余治的《得一录》卷十一之一《收毁淫书局章程》里更是将阅读收藏小说的危害归结为"玷品行""败闺门""害子弟""多恶疾"四种,将其明确写进章程里以警戒世人。很多家训、乡约甚至书院的学则都严禁阅览、收藏小说,将小说尤其是淫词小说当作万恶之源、败坏社会风俗人心的罪魁祸首。"近日之淫词艳曲,尤宜焚弃,不得寓目。尚留案头,便是不祥之物。"④ 不只淫词小说,一些英雄传奇小说也被冠以伤风败俗的帽

① (清)蒋伊:《蒋氏家训》,转引自王利器:《元明清三代禁毁小说戏曲史料》,上海:上海古籍出版社,1981年,第173页。
② (清)黄正元:《欲海慈航》,转引自王利器:《元明清三代禁毁小说戏曲史料》,上海:上海古籍出版社,1981年,第174页。
③ (清)李仲麟:《增订愿体集》卷二,转引自王利器:《元明清三代禁毁小说戏曲史料》,上海:上海古籍出版社,1981年,第178页。
④ (清)汪正:《先正遗规》卷上,转引自王利器:《元明清三代禁毁小说戏曲史料》,上海:上海古籍出版社,1981年,第185页。

子,《水浒传》首当其冲。清代龚炜的《巢林笔谈》卷一云:"施耐庵《水浒》一书,首列妖异,隐托讽讥,寄名义于狗盗之雄,凿私智于穿窬之手,启闾巷党援之习,开山林哨聚之端,害人心,坏风俗,莫甚于此。"① 在这些道德卫士口中,《水浒传》和《金瓶梅》分别被定义为"诲盗""诲淫"之书。这些说法站在封建伦理维护者的角度否定了小说的文学性和娱乐性,大大削弱了小说的文学价值。这种以外力强行干扰小说发展进程的做法,在一定程度上误导了民众对小说的认识,影响了人们对小说的接受。有的舆论并没有全盘否定所有小说,认为那些具有劝诫、教化作用的小说勉强可读,只有淫秽之书才必须严加禁止。清代焦循在《易余籥录》云:

> 近时纪氏诸小说,有《滦阳消夏录》《槐西杂志》《姑妄听之》《如是我闻》数种,余最取之,盖以忠孝节义之训,寓于诙谐鬼怪之中也。其他诲淫诲斗,讥谤失实之书,不特可焚,且宜斥绝矣。②

诚然,一些小说中存在不少淫秽书写,如果不加以禁止、引导,会对民众尤其青少年的成长造成不良影响,毕竟人的好德之心不能胜其好色之心。但是像上述社会舆论那样全盘否定,不加以辨别就将描写情爱的小说都归为伤风败俗的罪魁祸首,未免失之武断,必然不能正确、全面认识小说,甚至会埋没某些具有一定史料价值或审美价值的小说。

二是宣扬因果报应的思想,宣称撰著小说的人都惨遭报应、不得好死。在我们现代人看来,因果报应的思想是无稽之谈,但在封

---

① (清)龚炜:《巢林笔谈》卷一,转引自王利器:《元明清三代禁毁小说戏曲史料》,上海:上海古籍出版社,1981年,第207页。

② (清)焦循:《易余籥录》卷二十,转引自王利器:《元明清三代禁毁小说戏曲史料》,上海:上海古籍出版社,1981年,第226页。

建社会时期的普通百姓心里，因果报应的思想根深蒂固，百姓对其心存畏惧。统治者就是抓住民众的这种心理，危言耸听，捏造事实，宣扬因果之说，企图在饱受封建文化熏陶的民众间实行愚民政策，以此恐吓、警戒民众，达到禁毁具有反动思想的小说，从而巩固封建统治的目的。据记载，被指名道姓加以诅咒最甚的著者和评者主要有施耐庵、兰陵笑笑生、曹雪芹、金圣叹等。关于《水浒传》的作者施耐庵，清代石成金在《天基狂言》中说道："施耐庵著《水浒》书行世，子孙三代皆哑；李卓吾最喜翻驳前人，终身蹭蹬，惨死非命；此即以文害人之榜样。"① 在统治者眼中，《水浒传》是反动之书，是诲盗之书，威胁政权的巩固。为了进一步削弱《水浒传》在民众中的影响，除了下达禁毁政令外，统治者和封建政权的坚实簇拥者还捏造了上述谣言，不仅著者施耐庵的子孙不得好死，连认为《水浒传》是古今至文的李卓吾也惨死非命。清代申涵光《荆园小语》记载："世传作《水浒传》者三世哑。近时淫秽之书如《金瓶梅》等丧心败德，果报当不止此。"② 他认为《金瓶梅》的作者兰陵笑笑生的下场会比施耐庵及其子孙更惨。关于《红楼梦》作者曹雪芹，清代毛庆臻《一亭杂记》云："然入阴界者，每传地狱治雪芹甚苦，人亦不恤，盖其诱坏身心性命者，业力甚大，与佛经之升天堂，正作反对。嘉庆癸酉，以林清逆案，牵都司曹某，凌迟覆族，乃汉军雪芹家也。余始惊其叛逆隐情，乃天报以阴律耳。"③ 曹雪芹的子孙伏法，后人却将此归罪于曹雪芹，认为曹雪芹写小说误导民众、诱坏身心性命，以至于在地狱饱受惩处，甚至祸及子孙后代。也有文人认为，评点《水浒传》《西厢记》的金圣叹实为大聪明人，

---

① （清）石成金：《天基狂言》，转引自王利器：《元明清三代禁毁小说戏曲史料》，上海：上海古籍出版社，1981年，第369页。

② （清）申涵光：《荆园小语》，转引自王利器：《元明清三代禁毁小说戏曲史料》，上海：上海古籍出版社，1981年，第213页。

③ （清）毛庆臻：《一亭杂记》，转引自王利器：《元明清三代禁毁小说戏曲史料》，上海：上海古籍出版社，1981年，第377页。

但聪明误用，"有才者不易得，才而不轨正业，报固若是烈欤"①，认为金圣叹遭遇奇祸是罪有应得。这些说法荒谬至极，但是恰恰有民众对此等因果报应之说深信不疑。还有社会舆论把报应"推广"到普通人身上，认为"取淫秽邪书焚化者，得子孙忠孝节义报。将此等与圣经贤传并贮者，得子孙流荡纵侠报。翻刻淫秽邪书，贩卖射利者得子孙娼优下贱报"②。甚至利用神明的力量来宣扬因果报应的思想，《文昌帝君谕禁淫书天律证注》里就说了很多，诸如"某生刻《如意君传》绝嗣之报""某童子买毁淫籍顿改福相之报"③等。总之是将因果报应之说附会到各种遭禁毁小说上，宣扬不管是撰写还是翻刻、收藏、阅读淫秽邪书，必遭天谴的思想。

这些所谓的"报应"其实都是牵强附会甚至无中生有，只为了震慑、恐吓世人，从而告诫他们远离某类小说。然而，在平民百姓的认知里，特别是那些知识水平较低的人，对因果报应之说颇为忌惮。对于普通民众而言，阅读小说并不是生活必需品，只是一种消遣娱乐，他们往往会因为害怕遭到报应而宁愿远离，甚至舍弃小说。清代刘廷玑在《在园杂志》卷二里将《肉蒲团》《痴婆子传》《弁而钗》斥为"流毒无尽"，认为"读者每至流荡，岂非不善读书之过哉！……读而不善，不如不读，欲人不读，不如不存"④，因此他认为当远离淫书，响应朝廷禁毁小说的号召，"大哉王言！煌煌纶綍，臣下自当实力奉行，不独矫枉一时，洵可垂训万禩焉"。这些都表明，在当时社会主流舆论中，小说几乎被视为罪大恶极、必须严行禁止的东西，民众对小说的认识已经被误导，尤其是文人对小说的

---

① （清）陆文衡：《嗇庵随笔》卷五《鉴戒》，转引自王利器：《元明清三代禁毁小说戏曲史料》，上海：上海古籍出版社，1981 年，第 215 页。

② （清）黄正元：《欲海慈航》，转引自王利器：《元明清三代禁毁小说戏曲史料》，上海：上海古籍出版社，1981 年，第 384 页。

③ 王利器：《元明清三代禁毁小说戏曲史料》，上海：上海古籍出版社，1981 年，第 399 页。

④ （清）刘廷玑：《在园杂志》，北京：中华书局，2005 年，第 85 页。

那些负面评价，影响人们对小说的观念和态度，影响他们对小说的认可与接受。

然而，小说禁毁所引导、制造的那些舆论对小说极尽污蔑诋毁之能事，道貌岸然的正人君子、封建礼教忠实拥护者不惜制造上述言论来达到禁毁小说的目的。这虽有一定的震慑作用，但不能阻断人们阅读小说的兴趣或者侥幸的想法，反而使人们铤而走险地继续接触小说。优秀小说的魅力不会因为舆论的力量而被埋没，仍然能在社会广为流传，为民众所接受。小说并没有因成为法令、舆论里所说的"败坏人心的罪魁祸首"而走向灭亡，反而成为明清时期最为发达的一种文学样式。这在一定程度上体现了小说禁毁政策的失败，也说明了利用各种违背事实的手段强行干扰小说的发展必然是行不通的。

其实，小说禁毁政策的失败，跟清朝统治者和地方官员自身对小说的态度也有很大的关系。清代初期的几代帝王都是小说爱好者。据清史记载，太祖努尔哈赤爱读《三国演义》和《水浒传》等小说，深受汉族封建文化的影响。乾隆皇帝发起声势浩大的文字狱，颁布书籍禁毁政策，但他本人颇为熟悉被禁毁的小说《红楼梦》，不仅了解小说的内容，对小说的主旨也有自己的见解。清代赵烈文《能静居笔记》云："谒宋于庭丈于葑溪精舍，于翁言：'曹雪芹《红楼梦》，高庙末年，和珅以呈上，然不知所指。高庙阅而然之，曰：此盖为明珠家作也。后遂以此书为珠遗事。'"① 宋于庭即宋翔凤，字于庭，清代学者、经学家。称"丈"以示尊敬。高庙即清高宗乾隆。且不说乾隆皇帝对《红楼梦》创作意图的判断是否准确，单从这一条记载就可以看出他对这部小说的熟知程度。此后《红楼梦》多次被禁，但并不能禁阅者之心。慈禧太后也是《红楼梦》的

---

① （清）赵烈文：《能静居笔记》，转引自《古典文学研究资料汇编·红楼梦》第二册，北京：中华书局，1963年，第378页。

爱好者，清代邓之诚的《骨董琐记》卷六《小说禁例》记载："闻孝钦颇好读说部，略能背诵，尤熟于《红楼》，时引贾太君自比。"①孝钦是慈禧太后的谥号简称。不仅统治者自己未能贯彻执行禁毁政策，一些地方官员也对禁毁政策阳奉阴违。乾隆三年（1738）禁淫词小说、嘉庆十五年（1810）伯依保奏禁小说等禁令中，都提到统治者认为地方官员奉行不力，才会导致禁令形同虚设，让书坊不受禁令影响而继续刊刻小说并从中获利。其实，有些地方官员不仅奉行不力，而且采取一些行动积极支持小说的创作和出版。由此可见，统治者和官员一方面实施严厉的小说禁毁政策，另一方面却不能以身作则，"只许州官放火、不许百姓点灯"。这是禁毁政策失效的原因之一，但也从另一个角度体现了优秀小说的价值，即使严加禁毁，也不能阻止人们对小说的阅读和接受。

　　文人们阅读小说，除了出于愉悦耳目和自我慰藉的目的外，也会将小说当作一种文学现象而加以鉴赏批评，提出小说创作、欣赏的理论，这也是小说接受的一个方面。小说禁毁所引导、制造的那些舆论容易误导普通民众，却无法禁锢具有更高学识和判断力的文人，无法遏制他们的思考。思想更为独立的文人在对小说内容和艺术成就进行评价时，往往是基于自己的价值观与审美观，而不是盲目听从社会舆论的评判。清代小说理论批评在轻视小说戏曲的正统观念和统治者的禁毁政策双重压力下非但没有委顿，反而艰难成长起来并大为繁荣。在文人士大夫群体里，仍然有不少文人对被禁毁的小说给予很高的评价，甚至认为小说戏曲可以和正统派所推崇的经史诗书相媲美，这正好体现了文人对小说的接受与认可。针对统治者对小说的排斥和禁毁，进步的小说家总是千方百计地从各个角度来肯定小说的价值，从而提高小说的地位。比如金人瑞对《水浒传》的评价，他批判犯上作乱的造反行为，将《水浒传》看作一部

---

① （清）邓之诚：《骨董琐记》，北京：中华书局，2008 年，第 209 页。

包有"一切书之法"的具有最高艺术价值的著作，在《读第五才子书法》中甚至指出："别一部书，看过一遍即休。独有《水浒传》，只是看不厌。"① 学者对于《红楼梦》的研究则形成"红学"这门学问。从乾嘉以来文人学者热衷于对《红楼梦》进行题咏、评点、考证、索隐等，其中最有影响的当属脂砚斋的评点。也有不少文人创作了《红楼梦》续书。清代著名文学评论家张竹坡称《金瓶梅》为"第一奇书"，强调作品的批判性与劝诫性，坚决反对将《金瓶梅》视作"淫书"，痛斥"凡人谓《金瓶》是淫书者，想必伊止知看其淫处也。若我看此书，纯是一部史公文字"②。从接受的角度来否定"淫书"说，反对一味抹杀《金瓶梅》这一类涉及淫秽的作品，这些看法和统治者的禁毁政令背道而驰。

除了《水浒传》《金瓶梅》《红楼梦》这些名气较大又遭受禁毁的小说外，在被禁毁的其他小说中，那些所谓的淫词琐语也得到一定的关注与接受，即使清廷通过各种社会舆论宣扬它们的害处，多次严申禁毁的政令，读者仍然从中看到了某些值得肯定之处，文人们也对这些小说加以称赞，其中有些评论还颇为中肯。比如，清代吴航野客在所著的言情小说《驻春园小史》中对诸种传奇、才子佳人小说评价道："历览诸种传奇，除《醒世》《觉世》，总不外才子佳人，独让《平山冷燕》《玉娇梨》出一头地，由其用笔不俗，尚见大雅典型。《好逑传》别具机杼，摆脱俗韵，如秦系偏师，亦能自树赤帜。其他则皆平平无奇。"③《好逑传》被清朝统治者归到禁毁之列，但它不同于一般的才子佳人小说，书中塑造的才子铁中玉除了才学还有武艺、任侠之气，才女水冰心也颇为机智勇敢，此书以道义来牵连二人的思慕之情，而不是一般的一见钟情、后花园私会、

---

① （明）施耐庵著，（清）金圣叹评点，（清）文子生校点：《第五才子书施耐庵水浒传》，郑州：中州古籍出版社，1985年，第19页。

② （明）兰陵笑笑生：《金瓶梅》，长春：吉林大学出版社，1994年，第41页。

③ （清）吴航野客：《驻春园小史》，《古本小说集成》，上海：上海古籍出版社，1990年，第2页。

阻挠撮合之类的俗套情节。可见，吴航野客对《好逑传》的评价并不为过。清末天僇生在《中国历代小说史论》中也对多部遭禁的小说进行评价道："描写社会之污秽浊乱、贪酷淫媒诸现状，而以刻毒之笔出之，如《金瓶梅》之写淫，《红楼梦》之写侈，《儒林外史》《梼杌闲评》之写卑劣……皆深极哀痛，血透纸背而成者也，其源盖出于太史公诸传。"①《梼杌闲评》全名《绘图梼杌闲评全传》，亦名《明珠缘》，叙写魏忠贤之事。小说通过魏云卿与侯一娘、魏忠贤与客印月、侯秋鸿的爱情纠葛，鞭挞魏忠贤、客氏残害忠良，扰乱国政，欺压百姓，展现了明末宦官专权、政治腐败的历史画面。此书在结构安排、语言运用及人物形象塑造上比较成功，前半部分写市井生活尤为入木三分。书中有一些淫秽描写，在道光、同治年间的禁书运动中都遭禁，但是天僇生将《梼杌闲评》与《红楼梦》《儒林外史》等优秀小说相提并论，不单单从道德层面来评价，更从艺术审美的角度来肯定其成就，可见对其评价之高。清末邓之诚在《骨董续记》中也评论《梼杌闲评》道："其所载侯、魏封爵制辞，皆不类虚构。述忠贤乱政，多足与史相参。"②邓之诚看到了《梼杌闲评》的史料价值，认为可以与史书相参，这大大拔高了这部小说的地位。从上述可见这些文人并没有因为禁毁政令而专断地否定这些小说，而是从文学作品本身出发，研读并接受了小说中值得肯定之处。

小说戏曲虽然遭受统治者的禁毁，但小说戏曲的作者和读者并没有完全被统治者的愚民政策所荼毒，除了从正面肯定被禁毁的小说的某些价值，还会采取一些更直接、更明显的斗争来反抗统治者宣扬的因果论和淫书论。前文提到，统治者禁毁具有反动思想的《水浒传》，就造谣称其作者子孙三世皆哑，说明这是"诲盗"的恶

---

① 李梦生：《中国禁毁小说百话》，上海：上海书店出版社，2006 年，第 173 页。
② （清）邓之诚：《骨董琐记全编》，《近代笔记名著丛刊》，北京：人民出版社，2012 年，第 392 页。

报，以此警戒世人。但是有小说家为了反驳这种善恶因果论，在小说中给《水浒传》作者的后世安排了一个光辉的形象。清无名氏所撰的小说《善恶图全传》，讲述了宋徽宗时李雷的故事。小说第二十一回写道："此乃是孩儿同乡，是一位英雄好汉，乃是罗贯中令郎，名叫罗定。"《善恶图全传》所塑造的这个罗定的形象，完全是路见不平拔刀相助、最为广大人民群众所喜爱的英雄人物。据清李斗的《扬州画舫录》卷十一《虹桥录下》记载，当时评话有《善恶图》一书，可见这个故事受欢迎的程度。这体现了作者以及广大百姓对罗氏子孙三世皆哑的谣言的反抗。

诸如此类的小说，迫于遭受朝廷的严厉禁毁、舆论的污蔑诋毁、一些上层文人的鄙视厌弃，其传播会受到负面影响，社会民众对它们的态度和认识也会受到误导与阻碍，从而影响对小说的顺利接受。但是正如清代钱湘在《续刻荡寇志序》中写道："淫辞邪说，禁之未尝不严，而卒不能禁止者，盖禁之于其售者之人，而未尝禁之于阅者之人。"① 小说自有其存在形式和生命力，尤其是优秀小说的魅力不会因为舆论的力量而被埋没，它们仍然能经受住时间与历史的考验，在当时社会上以各种方式广为流传，直至今日大部分小说仍然存世，为民众所接受甚至喜闻乐见。

---

① （清）钱湘：《续刻荡寇志序》，转引自王利器：《元明清三代禁毁小说戏曲史料》，上海：上海古籍出版社，1981 年，第 33 页。

第五章　对清代禁毁小说的价值评判

"艺术，文学，小说，以它们的精神和独特的形态显示着它们满足人类这一需要的能力，或许，这就是小说作为一种客观现象始终存在着并且被不断发展的理由，在这种情形之下，人与作为一种艺术的小说之间，便构成了一种价值关系。"① 小说，尤其是通俗小说，描写的是普通市井生活和民众的情感与精神内涵，为民众所喜闻乐见，流传于广大民众之间。它们是人民生活需求的一部分，既能传播知识，对民众的精神思想也具有潜移默化的作用。明清两朝是通俗小说繁荣发展的时期，都市生活的繁荣和书籍刊印技术的发展，为小说的刊刻、传播提供了更便捷的条件，进而扩大了小说对政治、社会、文化等的影响。而清朝统治者却忌惮某些小说所宣扬的异端文化，忌惮小说在思想文化、风俗人心方面的感染力，把禁毁小说作为一项长期的文化专制政策加以执行，于两百多年间禁毁了近170种小说，对小说的创作、刊刻、传播及接受等环节都产生了深远影响。

我们应该看到，禁书只是一种手段，是统治者为了加强对思想文化等领域的控制，收拢人心、维护其统治的一种手段。从本书第一章所梳理的清代小说禁毁的情况可知，清廷统治者采取禁毁小说的政策，虽然是从当时社会主要矛盾出发，但为了更好达到禁毁的

---

① 李晶：《历史与文本的超越——小说价值学导论》，上海：上海社会科学院出版社，1992年，第41页。

目的，统治者会给下达的政令冠以各种理由，有的吹毛求疵甚至是无中生有的，往往只是出于统治者的个人意志，被禁的书籍本身不一定就有非禁毁不可的理由，也许只是触犯到少数群体的某些利益。

而从本书第二章也可看出，小说禁毁的影响并不是完全负面的，它的效果及其对小说发展的影响往往具有复杂性，而且被禁毁的那些小说中也有一些可取之处。那么，清代统治者所禁毁的这些小说，究竟是否具有价值，是否值得我们阅读、重视？抑或真的如统治者和社会舆论所认定的那样，是伤风败俗的万恶之源？当前我们又该如何正确看待这些被禁毁的小说？任何事物都有两面，禁毁的小说也一样，所以我们要理性、辩证地看待，不能以偏概全，不应笼统地对清代被禁毁的小说加以否定，而是要辩证地认识其影响和价值，取其精华、去其糟粕，不能埋没优秀小说的闪光点，也不能肯定淫秽小说的低俗之处。

第一节　从文本鉴赏的角度来分析

对于被禁毁的小说，我们可以先从文本鉴赏的角度来分析。首先它作为一个文本，一个精神文化产品，从构思到创作、刊刻出来，都凝聚了作者和刊刻者的态度和情感，其主旨内涵、故事内容、情节安排、语言表达等，都是可鉴赏评判之处。诸如《水浒传》《红楼梦》这一类成就斐然、经过时间检验的不朽之作，从问世之初就受到众多读者的喜爱。很多文人不仅阅读这些小说，还对其进行分析、评点并给予极高的评价，也出现了数量颇为可观的续书。这些小说至今还源源不断地吸引着众多学者投身于对它们的研究。这些小说是我国古典小说的高峰。所以，清代禁毁的小说中，有一些在内容和艺术上都堪称优秀，对这样的作品，若听从统治者的政令片面地一概否定，只会埋没了它们的成就，造成文学史、文化史的一大损失。

　　除了这些思想性、艺术性俱佳的经典之作，有的小说思想性、艺术性虽非上乘，但也有某些值得肯定的地方。比如清代钱彩编次、金丰增订的长篇英雄传奇小说《说岳全传》，最早的刊本为康熙二十三年（1684）金氏余庆堂刻本，共二十卷八十回。该小说描述了岳飞精忠报国、英勇悲壮的一生，深刻揭示了当时的民族矛盾和南宋朝廷内部的斗争，显示了强烈的民族意识。《说岳全传》是一部思想内容比较复杂的作品，它用岳飞与以秦桧为首的权奸集团之间的忠奸斗争为线索来展开民族矛盾，在民族矛盾中表现忠奸斗争。它的主题思想有糟粕之处，即书中突出宣扬岳飞的忠孝节义，把岳飞与秦桧之间的斗争归结为大鹏与蛟精的冤冤相报。但是，该书在艺术特色方面有不少可圈可点之处。全书除了末尾所写的金人败降的情节虚构过多显得粗疏以外，整体上对史实和虚构的关系处理得比较好。金丰在书前序言中云："从来创说者不宜尽出于虚，而亦不必尽由于实。苟事事皆虚则过于诞妄，而无以服考古之心；事事皆实则失于平庸，而无以动一时之听。"① 这部小说的虚实比例合适，又融合得比较自然，使得这部小说既大体纪实又不像史书、史料那样枯燥无味。与此同时，情节丰富紧凑，叙述委婉，注意了横向方面情节的生动性和人物性格的丰富性，塑造的人物形象也有血有肉。语言较为通俗流畅，通篇都是说书人口气。但是，这样一部历史演义小说中的优秀之作，却因为书中多有未经敬避字样及指斥金人之语，于乾隆四十七年（1782）遭受销毁。

　　有的小说虽然内容低俗、品格低下，但在艺术手法上仍有一些出色之处，只是书中的部分不当描写损害了其价值，所以应辩证地加以取舍。比如明代文言中篇小说《痴婆子传》，又名《痴妇说情传》《燕筑外书》《痴娘传》，共两卷三十三则。题"芙蓉主人辑，情痴子批校"，其真实姓名无考。小说内容描绘上相当露骨，但是它

---

① （清）钱彩：《说岳全传》，上海：上海古籍出版社，2000 年，第 2 页。

在艺术上颇具特色。该小说采用第一人称书写，而且采用倒叙法，叙写老妇阿娜一生经历的风流韵事。小说先是以写书人的口吻开篇，然后遇到了老妇，从老妇的角度回忆其生平经历。这种自白式的写法在中国古代小说中是罕见的，在古代小说发展史上具有一定意义。当然，不可否认的是，小说中的淫秽书写实乃不堪入目，我们不能因为它在艺术上的特色而过多地拔高这部小说的价值。又如明末白话长篇时事小说《梼杌闲评》，全称《梼杌闲评全传》，又名《梼杌闲评明珠缘》《明珠缘》，全书五十卷五十回，成书于明崇祯年间。不题撰人，据考为李清所作。此书在结构安排、语言运用及人物形象塑造等方面比较成功，尤其前半部分写市井生活尤为入木三分，堪称明末清初时事小说中艺术成就最高的一部。清末天僇生在《中国历代小说史论》中道："描写社会之污秽浊乱、贪酷淫媒诸现状，而以刻毒之笔出之，如《金瓶梅》之写淫，《红楼梦》之写侈，《儒林外史》《梼杌闲评》之写卑劣……皆深极哀痛，血透纸背而成者也，其源盖出于太史公诸传。"① 将《梼杌闲评》与其他几部优秀小说《红楼梦》《儒林外史》相提并论，可见对其评价之高。其实这部小说中的淫秽描写在书中篇幅并不多，却在道光年间禁毁淫词小说时同样遭禁，有可能是因为书中涉及一些明朝史实。再如清代才子佳人小说《好逑传》，又名《侠义风月传》，题"名教中人编次"，坊本亦名《第二才子好逑传》，共四卷十八回。清代吴航野客在其所撰的小说《驻春园小史》卷一中开宗明义道："历览诸种传奇，除醒世、觉世，总不外才子佳人，……《好逑传》别具机杼，摆脱俗韵，如秦系偏师，亦能自树赤帜。其他则皆平平无奇，徒灾梨枣。"② 在诸多才子佳人小说中，吴航野客对《好逑传》另眼相看。《好逑传》历来被认为是才子佳人小说中最具有代表性的作品，也是

① 李梦生：《中国禁毁小说百话》，上海：上海书店出版社，2006年，第173页。
② （清）吴航野客：《驻春园小史》，《古本小说集成》，上海：上海古籍出版社，1990年，第2页。

18世纪英国翻译的第一部中国古典小说。可以看出，上述几部遭禁毁的小说，虽内容和主旨均存在不足之处，但其艺术手法仍存在值得肯定的地方。

而有的禁毁小说堪称典型的"海淫"之书，内容淫秽恶俗，文笔也拙劣不堪，实在没有多少可取之处，也会造成不好的社会影响。"不少艳情小说的立意，即在所谓以淫戒淫，劝人息欲。"① 比如《肉蒲团》第一回《止淫风借淫事说法，谈色事就色欲开端》便宣称："做这部小说的人，原是一片婆心，要为世人说法，劝人窒欲，不是劝人纵欲；劝人秘淫，不是为人宣淫。看官们不可认错也。"② 但客观效果往往相反，这些小说的淫秽描写占了大量篇幅，往往只在结尾处生硬地加上几句劝人走正途的话，并不能起到预期的警戒世人的作用，只会起到纵欲宣淫的恶劣影响。比如《呼春稗史》，亦名《传记玉蜻蜓》，写的是尼姑庵的淫秽史。文字拙劣，淫秽不堪，简直不堪入目。类似的还有《灯草和尚》《桃花艳史》《隋炀帝艳史》《春灯迷史》《风流艳史》等，都在清同治七年（1868）江苏巡抚丁日昌下令严禁的"淫词小说"之列，这类小说都有大量淫秽描写，而且文笔粗劣，格调不高。又如明代醉西湖心月主人所著的小说集《弁而钗》，共四集二十回，成书于明崇祯年间。小说叙述同性恋而引发的悲欢离合故事，正如书中卷一第三回风翔所说："情之所钟，正在我辈。今日之事，论理自是不该，论情则男可女、女亦可男，可以由生而之死，亦可以自死而之生。"③ 此书最令人无法忍受的是，尽管带有一定故事性，对社会罪恶有所揭露，但内容上描摹了种种淫秽的变态性行为，具有浓厚的纵欲色彩，而且艺术上生搬硬套，跟另一部同样写龙阳之好的《品花宝鉴》相比，高下立见。

---

① 张俊：《清代小说史》，杭州：浙江古籍出版社，1997年，第169页。

② 《肉蒲团》，《明清善本小说丛刊初编：艳情小说专辑》，台北：天一出版社，1993年。

③ 《弁而钗》，《明清善本小说丛刊初编：艳情小说专辑》，台北：天一出版社，1993年。

像这一类小说，纵然艺术手法上有可取之处，但整体上无可取之处。何况其文笔往往拙劣不堪，故事老套。这样的作品会对社会人心造成不良影响，也不值得肯定和提倡。因此，对于通俗小说中的"淫秽"作品，我们要加以辨别、区分对待。像《金瓶梅》这样的作品，虽然有不少淫秽成分，但它有更多值得肯定之处。又比如《金石缘》《五凤吟》《锦香亭》《如意君传》虽然也有不少色情描写，但总体而言还是属于才子佳人小说的范围。但《肉蒲团》《呼春稗史》《灯草和尚》这一类作品，予以禁止是必要且合理的。

第二节 从史料价值的角度来分析

我们得承认，遭禁毁的小说也是小说史、文学史的一部分，即使其小说文本再无价值，也不应该否认它的存在。"在一部中国小说史中，能占一席之地位的也许不过三百部左右的小说，而构成中国小说史的，却应该是中国小说的全部。价值的'有'和'无'，'高'和'低'总是相比较而存在，单部单部地看，它们也许确无多少价值可言，但若是把它们当作一个整体，这却是中国小说史上一个不可忽略的巨大的历史存在。"① 也就是说，一部作品的文学艺术价值和文学史、学术史价值不是完全对等的。而且，它们毕竟是小说作品，在研究古代小说的作者、成书、版本、流派、思潮时，在一定程度上还是有用的。

在被禁毁的"淫词小说"中，有的作品在小说史、文学史上的影响不可忽略，甚至具有里程碑的意义。比如明代兰陵笑笑生所著的《金瓶梅》，常被看作世情小说的开山之作，是第一部以描写家庭生活反映社会的长篇小说，将视角转向普通的社会、琐碎的家事和

---

① 萧相恺：《珍本禁毁小说大观——稗海访书录》，郑州：中州古籍出版社，1992 年，第 3 页。

平凡的人物，"标志着我国的小说艺术进入了一个更加贴近现实、面向人生的新阶段"①。《金瓶梅》既为其他文学样式提供了素材，在艺术手法上有所创新，又奠定了世情小说发展的基础。《红楼梦》的创作，在小说视角、叙述结构、语言运用诸方面，都深受《金瓶梅》的影响。这样的一部作品，不能因为一些淫秽描写，而将它跟《肉蒲团》《呼春稗史》等小说同等对待。又如明代中篇小说《如意君传》，著者及成书年代均无考，明万历年间所刊《金瓶梅词话》中提及此书，可见此小说成书时间较早。卷首有"甲戌，华阳散人"序。作为现存的明朝第一部艳情小说，此书在淫秽小说中有着重要地位，其故事直接成了后世小说的源泉。如《载花船》就是在《如意君传》的基础上敷衍成篇。其他如《隔帘花影》《金屋梦》等在情节、细节等方面都清楚表明对《如意君传》的抄袭。②"书中几乎用了三分之二的篇幅写具体的性行为及性感受，其中细微地描写性交动作、姿势及性交过程中的放纵、满足、快感的片段，被后世专写淫秽的小说所照搬、模仿。《金瓶梅》中就有不少地方径抄自本书，第二十七回尤为明显。"③《如意君传》问世后，便被当作淫秽小说的代表作，后来很多淫秽小说中都提及此书。比如《肉蒲团》第三回、第十四回，写未央生买了一些淫词亵语的书，其中就有《如意君传》。此书也多次被禁毁，嘉庆十五年（1810）御史伯依保奏禁五种小说，道光十八年（1838）江苏设局，道光二十四年（1844）浙江设局，同治七年（1868）江苏巡抚查禁淫词小说，《如意君传》都被名列其中。可见，这些所谓的淫秽小说，其书中淫秽描写虽削弱了小说的价值，但是它们在小说史、文学史的前进中也留下了印记。

---

① 袁行霈主编：《中国文学史》（第2版），北京：高等教育出版社，2005年，第147页。

② 张强：《一部承前启后的性爱小说经典——〈如意君传〉论》，《中华女子学院学报》1999年第2期，第57-59页。

③ 李梦生：《中国禁毁小说百话》，上海：上海书店出版社，2006年，第22页。

再如，清康熙年间吕熊所撰的白话长篇小说《女仙外史》，又名《石头魂》《大明女仙传》，共一百回，题"古稀逸田吕叟著"。小说叙述唐赛儿起义之事，历史上实有其事，所记燕王与建文帝争夺江山，也见于正史和各种野史。不过，它在文学史上的意义不在此处，而是书中表现出的才情。鲁迅先生道："以小说为庋学问文章之具，与寓惩劝同意而异用者，在清盖莫先于《野叟曝言》。"① 并指出了屠绅的《蟫史》于小说见其才藻之美、陈球的《燕山外史》以排偶之文试为小说。其实康熙年间正式出版的《女仙外史》就已经初具才学小说的规模。章培恒先生在为其所作的前言中称《女仙外史》开才学小说的先声，周永保先生在《瑶华传》的序中更是对其竭力推崇："《女仙外史》愤盘郁源，出屈子《离骚》其行，亦颇得欧阳《五代》遗则。"② 这个评价未免拔之过高，其实书中很多情节枯燥无味，"蝇鸣蚓唱，动辄万言，汗漫不收，味同嚼蜡"，但不可否认的是这部小说着重于才情，书中的神怪、行军布阵、养生道术等方面的描写，颇见才识学问，为后世小说所效法。

小说虽然有虚构成分，但它离不开作者所处的时代背景和生活经历，很多故事也直接提炼于现实生活。因此，小说往往能再现彼时的生活情况，有助于后来的人了解当时的社会、政治、经济情况等，了解其时社会风俗、价值观，尤其是那些所谓的淫词小说，还能够为研究中国古人的性心理、性行为提供基本素材。

比如，晚清狭邪小说的代表作《品花宝鉴》，以优伶为主角，写的是清代乾隆、嘉庆年间北京城中一批名伶和公子名士的生活。乾嘉以来，京城狎优之风盛行，戏园林立，官员、八旗子弟都流连戏园、寻欢作乐，为此清廷多次下令禁止旗人出入戏园酒馆。在寻找浪漫情爱的同时，名士名妓的交往更多是为了消解精神的郁闷和获

① 鲁迅：《中国小说史略》，北京：中华书局，2010 年，152 页。
② 李梦生：《中国禁毁小说百话》，上海：上海书店出版社，2006 年，第 316 页。

得生命的自由感。晚清狭邪小说中描写的高级妓院是类似交际场合的特殊空间，饮酒应局、游园聚会、诗词唱和、品花赏戏的活动凸显出小说的休闲内蕴。小说《品花宝鉴》中有大量篇幅涉及"堂会"的唱法，描述了清代戏班戏子、戏园布局、演出实况、场内买卖等情况。比如第三回《卖烟壶老王索诈 砸菜碗小旦撒娇》，写魏聘才逛戏园子的热闹场景：

> ……耳边听得一阵锣鼓响，走过了几家铺面，见一个戏园，写着"三乐园"，是联珠班。进去看时，见两旁楼上楼下及中间池子里，人都坐满了，台上也将近开戏。[1]

此回写出了当时戏曲演出的盛况，整条街车水马龙、戏园里人山人海，并且详细介绍了戏园布局、戏园里的规矩等，还描写了当时优伶的衣着装束，"远远看那些小旦时，也有斯文的，也有伶俐的，也有淘气的，身上的衣裳却极华美，有海龙，有狐腿，有水獭，有染貂，都是玉琢粉妆的脑袋，花嫣柳媚的神情"[2]。优伶的地位并不高，甚至只是达官贵人的玩物，可从此处文字所写的优伶们华丽奢侈的衣着，可看出人们对听戏的热情，也可从侧面反映当时的经济状况和人们的审美风格。这些都是当时戏园演出情况的翔实资料。同时，此书也反映了当时养娈童、相公的风气。乾隆三十四年（1769）、嘉庆四年（1799），朝廷均下令禁止官员蓄养歌童，认为其"耗费多金，废弛公务，甚且夤缘生事"[3]，可见当时蓄养娈童、歌童风气严重，此书正可作为那一时代社会现实的史鉴。此外，晚

---

① （清）陈森：《品花宝鉴》，《古本小说集成》，上海：上海古籍出版社，1990年，第98页。
② （清）陈森：《品花宝鉴》，《古本小说集成》，上海：上海古籍出版社，1990年，第99页。
③ 王利器：《元明清三代禁毁小说戏曲史料》，上海：上海古籍出版社，1981年，第46页。

清狭邪小说的产生和发展正值中国封建社会危机四伏的末世，文本也反映出过渡时代社会生活的诸多问题，揭露了社会弊端，暴露了官场和科场的腐败。狭邪小说将名妓名优纳入叙事视野，成为其反映社会现实的独特视角，表现名妓名优的悲惨命运和肯定其人生追求成为其社会内蕴的重要内容。狭邪小说多用大量篇幅展开情爱故事的叙写，妓院梨园的情爱有其特殊的情爱内蕴，其生死相依的爱情、若即若离的交情和偏离正轨的狎情，构成文本的重要内涵，也凸显出人性的复杂。

又如道光二十四年（1844）被禁毁的长篇白话小说《蜃楼志》，共二十四回，现存最早刊本是嘉庆九年（1804）所刻。作者庚岭劳人，生平情况未明。小说以嘉庆前后的广东为故事叙述的大舞台，主要塑造了商、官、儒、匪、女子五种不同身份的人物形象，着重刻画了广州十三洋行商苏万魁之子苏吉士。作品叙述了苏吉士从求学、经商、成家立业、出仕当官到功成身退的四年经历。通过苏吉士读书、经商的经历，以及早期民族资本家的活动，既展现了当时清代商场与官场的生活现实，也生动刻画了当时岭南地区的风土人情和社会现实。比如书中第三回《温馨姐红颜叹命　苏笑官黑夜寻芳》中，写到两广总督庆公刊发告示，招募乡勇以解决盗匪问题，"这日从沿海一带查阅回来，寻思：'粤东虽然富庶，但海寇出没无常，难保将来无患。……'又想：'近海州县居民，多有被人逼迫入海为盗者，倘绥之以恩，激之以义，……'民之为盗者却就少了许多，庶乎正本清源之一节"①。洋匪海盗猖獗，这是清代中后期岭南沿海地区的突出问题，而据书中所说，很多沿海居民都是被逼迫无奈才入海为盗。小说托言演绎明代嘉靖故事，实际是反映乾隆末、嘉庆初南粤沿海城乡的社会生活。通过书中的描述记载，我们能了解当时岭南地区的社会问题、中国近代早期洋商的生活、当时岭南

① （清）庚岭劳人：《蜃楼志》，北京：华夏出版社，2013年，第23页。

地区商业的地位以及人们的功名观与价值观。戴不凡先生在他的
《小说见闻录》曾对《蜃楼志》有所评价，认为就他所看过的小说
来说，自乾隆后期历嘉庆、道光、咸丰、同治以至于光绪中叶这一
百多年间，的确没有一部能超过它的。除了反映当时岭南的社会生
活和突出问题，《蜃楼志》的成就还在于成功塑造了主人公苏吉士这
个形象。《蜃楼志》深受《金瓶梅》和《红楼梦》的影响，在选题
立意、情节叙述、人物塑造等方面，都有因袭与继承的成分。苏吉
士这个人物形象明显有"西门庆"与"贾宝玉"的影子，又具有不
同于以往古典小说中主人公的自己的独特性格，是洋商身份与士人
心态的巧妙结合①，可谓古典小说中的新形象。苏吉士的思想与经
历，体现了当时岭南地区商业的地位以及人们的功名观与价值观。
中国人轻商、抑商的历史与经商的历史一样悠久，古典小说中商业
题材一向难入主流，小说所塑造的众多个性鲜明的艺术形象中，几
乎见不到正面的商人形象，大多是奸商的丑恶嘴脸。然而，"《蜃楼
志》的出现，一改商人在文学作品中的低下地位，使文学史上有了
一部以大商人为正面主人公形象的长篇小说"②。重农抑商的思想根
深蒂固，但是从《蜃楼志》可看到，苏吉士不以仕途功名为务，反
而锐意经商，他的母亲也认为"做了官有什么好处？你看屈大人做
到巡抚，还被强盗拿去受罪哩"。这些都表明，在当时的广东，传统
的价值观已经发生了变化，做官不再是衡量人们生命价值的唯一标
准，经商致富也是一条成功之路。重实用，重商重财，这种不同于
传统功名观的价值观在繁荣的广州尤为明显，商业利益的诱惑与外
来文化的熏陶，加强了苏吉士之流对享乐生活的追求，弃官从商也
成为一种社会风尚。围绕着苏吉士的经历，小说揭示了官场的黑暗、

---

①　雷勇：《〈蜃楼志〉的因袭和创新》，《汉中师院学报》（哲学社会科学版）1992
年第1期，第90-94页。

②　陈浮：《〈蜃楼志〉的写作背景及其新探索》，《惠州大学学报》（社会科学版），
1996年第1期，第71-74页。

商界的艰辛与封建王朝必将崩溃的命运。苏吉士是个仗义疏财、慷慨为善的儒商，而以粤海关关差赫致甫为首的贪官污吏却贪得无厌，滥用职权欺压商人，贪污受贿。在这种鲜明对比下，更暴露出奸商贪官的丑恶行径与官场的黑暗腐朽，褒贬分明中，也使得作者精心塑造的苏吉士这个正面商人形象更加光辉突出。

当然，《蜃楼志》也有需要批判的地方，书中含有一些露骨的艳情描写和低俗的龌龊场景。苏吉士有着西门庆好色的一面，追求肉体享乐，四处留情，先后娶了一妻四妾，此外还跟婢女、他人遗孀有染。但是，苏吉士对女性的态度与西门庆又有所不同，他有着贾宝玉的体贴、博爱。如第六回，苏吉士得知情人温素馨背叛他且将与乌岱云成亲时，先是震惊和愤慨，但很快就平静下来，反而替素馨着想："她是女孩儿家，怎能自己做主？他父母已经许下，料也无可如何了。只恨我生了这场瘟病，弄得一些不知，不晓得她还怎样怪我呢，我如何反去怪他！"当素馨婚后受到乌岱云凌辱时，他又尽力为之奔走。由此可见，他并不是如纨绔子弟般把女子当玩物。书中的艳情描写与《肉蒲团》之类的色情小说有所不同，并没有占用过多笔墨，一定程度上也是为剧情和人物形象的塑造服务的。作者在书中充分肯定了人的性欲，而不是一味地禁锢和压制人的正常生理需求。在小说的结尾处，苏吉士的老师李匠山说："总之，'酒色财气'四字看得破的多，跳得过的少。……唯吉士嗜酒而不乱，好色而不淫，多财而不聚，说他不使气，却又能驰骋于干戈荆棘之中，真是少年仅见，不是学问过人，不过天姿醇厚耳。若再充以学问，庶乎可几古人！"① 苏吉士好色却不遭人诟病，可见当时人们对性欲的接受，晚明时期肯定和宣扬性欲的思想依然对清人产生较大影响。还有，苏吉士、乌岱云进出温氏姐妹的闺房几乎畅通无阻，女子不再是"养在深闺人未识"，无疑给各种逾规越矩行为提供了便利，这

---

① （清）庾岭劳人：《蜃楼志》，北京：新世界出版社，2013 年，第 247 页。

也说明了当时封建礼教的松动，传统的伦理道德体系正接受着来自商业和外来文化的冲击。因此，《蜃楼志》被誉为清末谴责小说的先河之作，虽然遭受统治者禁毁，但它仍然具有不可忽视的史料价值和艺术价值。

再如《梼杌闲评》，全名《绘图梼杌闲评全传》，亦名《明珠缘》。书中所写的情节与正史相符，叙述明末社会习俗及风土人情也颇详，为后世所稽考，邓之诚在《骨董续记》中说道："其所载侯、魏封爵制辞，皆不类虚构；述忠贤乱政，多足与史相参。"① 然而，欧阳健却认为虚构较多，他在《梼杌闲评的实事和虚构》一文中云："突破了史实的羁绊，也超越了一枝一节上略加附着于史科的简单虚构的水平，大胆地把全部作品的艺术构思，或者说是整个艺术大厦的骨架，设置在纯粹的艺术虚构的基础之上，并取得了令人注目的成功。"② 孰是孰非，见仁见智。所以，诸如此类的例子，只要细读文本就能在被禁毁的小说中找到。但需要注意的是，小说中所记载的"史料"不可尽信，其难免加入作者的想象和情感态度，作为辅助性资料时，也得细心考证。

此外，在被禁毁的小说中占很大比例的一大批艳情小说在文献史料方面也并非毫无价值，比如《浓情快史》《一片情》《巫山艳史》《杏花天》《巫梦缘》《醉春风》《梧桐影》等，它们在一定程度上表达的是反封建礼教与呼唤人性的正常要求，值得肯定，还有书中所描写的当地当时的民情风俗、人际交往等，也可以成为民俗学研究的辅助资料，比如《巫梦缘》一书中，收录了不少吴地民歌，有的甚为粗俗，有的清丽可读，充满生活气息，如第二回写寡妇情怀的《挂枝儿》云："熨斗儿熨不开眉间皱，快剪儿剪不断心内愁，绣花针绣不出合欢扣。嫁人我既不肯，偷人又不易偷。天呀，若是

----

① （清）邓之诚：《骨董琐记全编》，《近代笔记名著丛刊》，北京：人民出版社，2012年，第392页。

② 欧阳健：《古小说研究论》，成都：巴蜀书社，1997年，第300页。

果有我的姻缘，也拼耐着心儿守。"① 至于其中秽亵不堪的性行为描写，"明清性爱小说保留了相当多的更接近实际人生和本来面目的未经提炼加工的庶民大众的一般生活和性生活的原生态材料，使我们不仅接触到了那个时代一般的生活形态，更有机会接触到他们生活中最隐秘的世界，如性生活的现状与理想、性活动方式和技术、性观念、性心理及其背后的生活观、价值观、道德观，等等，它们无不打上了民族文化的烙印，成为中国文化的形象投射"②。有助于研究中国古人的性心理、性行为，更好地了解古人的性观念乃至生活观、价值观。

笔者认为，清朝统治者因这些小说涉及淫秽或触犯统治者的忌讳，或触及敏感的民族问题而予以禁毁，但它们大体都留存了下来，经受了时间的检验，足见其有一定的艺术生命力。被禁毁的小说中确实有一些伤风败俗的糟粕成分，但也有值得肯定的地方。尤其对于通俗小说中的"淫秽"作品，要加以辨别、区分对待。我们不是反对禁毁这些低俗不堪的小说，而是批判封建统治者为了加强集权、捍卫利益而采取的一系列野蛮残酷、不加辨别而全盘否定的禁书行为。应理性地审视清代禁毁的小说，取其精华、去其糟粕。

---

① 李梦生：《中国禁毁小说百话》，上海：上海书店出版社，2006年，第295页。

② 丁峰山：《明清性爱小说的文化观照及文化阐释》，厦门：福建师范大学博士学位论文，2005年。

结　语

　　小说禁毁是清朝两百多年间一直执行的文化专制政策，是统治者为了稳固政权、加强思想文化领域控制而采取的过激措施。比较清代小说禁毁与诗文禁毁、戏曲禁毁情况的异同，可以更好地了解清代小说禁毁的特点。

　　清代的禁书，与笔祸、文字狱紧密相关，王彬更是直言禁书史就是一部血淋淋的文字狱史。据《清代禁书总述》和王利器先生辑录的《元明清三代禁毁小说戏曲史料》所载，清代共禁书 3 236 种，其中小说 170 余部，其他大部分都是诗文、史著、奏疏、杂著等。清廷每次制造文字狱，都会大量禁毁书籍。康熙朝重要的"庄氏史案"，庄廷鑨将明故相国朱国桢所作的《明史概》易名刊印，只因此书颇有触犯清廷之处，庄廷鑨惨遭戮尸，庄氏子孙被斩首或发配，为此书作序及参阅的十四人均被凌迟处死，连此书的刻字匠、印刷匠、书贾及收藏者均被斩首，株连极广，《明史概》《明书辑略》自然遭禁。"《南山集》案"同样惨烈至极，《南山集》《滇黔纪闻》均遭禁毁。雍正朝明令禁止的文集有《北游集》《读书堂西征随笔》《正信除疑》等。乾隆帝在位期间，文字狱登峰造极。这些文字狱很少是真正因反对清朝统治而发生的，大多是由于他们触犯忌讳、用字不慎不当等。而每次文字狱，都会有大量的书籍遭到禁毁，并且已不再只是禁毁某部书籍，而是往往只要此人有一处悖妄，那他的所有著作都一并抹杀。如"应毁钱谦益著作书目""应毁屈大均著作书目""应毁徐述夔悖妄书目"等，这些文学大家的大量著作均惨遭焚毁。某种程度上可以说，比文字狱更具毁灭性的是《四库全书》的纂修，共禁毁书籍 3 000 余种，主要是包括诗文、史著在内的正经著作。嘉庆朝禁毁的主要是"邪教"白莲教及其支派的经卷，其后道光、咸丰、同治朝的禁毁重点基本放在小说、戏曲上，各种诗文、史著等暂时逃过劫难。直到光绪朝，朝廷为了肃清维新派的影响，大量禁毁维新派的书籍，康有为、梁启超、廖平的著作等均因"学术乖谬，大悖圣教""惑世诬民，离经叛道"而遭严查销毁，其中既有关于议论时政的杂著《革命军》《物质救国论》《第一次上书》《法国变政考》《法国革命记》等，也有游记《夏威夷游记》《新大陆游记》《印度游记》《意大利游记》等，更有考证之学的《春秋董氏学》《春秋古经左氏说后义补证凡例》《春秋邮》《春秋左氏传汉义补证简明凡例》《春秋左传古义凡例》等，直到宣统三年（1911）才撤销禁令。

比较清代小说禁毁和诗文、史著等的禁毁，它们禁毁的原因、对象有所不同。清代小说禁毁的原因归结起来大致是诲盗、诲淫和违碍，而诗文、史著的禁毁更多是触及政治问题、民族矛盾等；文字狱打击的对象也是具有民族主义意识的反清人士和反对封建专制统治的有思想异端的学者。此外，两者禁毁的力度、强度和处理方式也不同，对于诗文禁毁和文字狱的制裁颇为严厉，株连九族，斩首、发配、凌迟乃至戮尸，而且悖妄之人的所有著作一概抹杀、销毁。相比之下，小说禁毁的处置较轻，清廷虽然共下达近 30 条禁毁小说的中央法令，在地方上也掀起了禁毁小说的运动，但是其处理方式主要是责令焚毁，对违禁的惩处也仅限于杖责、流、徒等。而且，除了《续金瓶梅》《五色石传奇》《八洞天》是因为其作者获罪而无辜受牵连遭禁以外，其他被禁毁的小说都是因为书中的内容触犯法令而遭禁，朝廷虽严禁再行刊刻、售卖等，但是并没有惩处其作者，许是因为许多小说是前代流传下来的，或者著者不明，这也令小说禁毁在很多时候成了无的放矢。

　　小说尤其是通俗小说一向不入主流，跟诗文、史著等所谓的正统文学相比，其禁毁情况有所不同，但是同为通俗文艺的戏曲，其禁毁情况跟小说也是有区别的。小说与戏曲是一种相互影响、相互渗透的关系，清代的戏曲禁毁与小说禁毁常常是一并执行，禁毁书目中小说、戏曲也常常是混同的，但禁毁的范围还是有所区别，清廷所下达的禁毁戏曲的法令远多于禁毁小说的法令。康熙十年（1671）禁内城开设戏馆、禁满洲学唱戏耍，雍正二年（1724）禁八旗官员遨游歌场戏馆、禁丧殡演戏、禁外官蓄养优伶，雍正三年（1725）禁盛京演戏等，乾隆朝更是多次重申禁旗人出入戏园等条令，道光、同治朝还禁太监听戏、蓄养戏班。由此可见，清代的戏曲禁毁，对旗人、汉人区别对待，很多法令只约束八旗子弟和官员，而且戏曲的禁毁较小说禁毁更为详细复杂，包括规定演戏内容、禁夜戏、禁蓄养优伶、禁妇女入庙观戏、禁丧戏、禁游神赛会等。小说的禁毁更多是从文本入手，包括禁翻译、刊刻、售卖、租赁。可以说，清代戏曲禁毁比小说禁毁涉及的范围更大、内容更为复杂，力度也更为严厉。此外，"禁毁戏剧的指向则复杂得多，因为官方更为关注演剧活动及其环境场合、参与人群可能引发的诸多社会问题，所以禁毁除指向政治、道德外，还更多牵涉了宗教、经济、民俗等层面的社会问题"①。笔者认为，造成两者禁毁情况有所不同的原因在于文体属性与传播方式的不同，虽然小说和戏曲都属于通俗文学，但是小说更多是以纸质文本的形式存在，而戏曲除了作为剧本供人阅读外，还可搬上舞台，存在于各种热闹场合，易聚众闹事、滋生奸盗匪赌。但总体而言，清代禁毁小说和禁毁戏曲并不是泾渭分明的，清廷对于同样难登大雅之堂的小说、戏曲的态度是相似的，也同样是屡禁不止。

　　我们批判封建统治者为了加强集权、捍卫利益而采取的野蛮残

---

　　①　丁淑梅：《中国古代禁毁戏剧史论》，华东师范大学博士学位论文，2006 年。

酷的禁书行为，同时也要以理性正确的态度对待那些被禁毁的小说，取其精华、去其糟粕。被禁毁的小说中，有的堪称典型的诲淫之书，淫秽恶俗，文笔也拙劣不堪，实在没有多少可取之处，"不少艳情小说的立意，即在所谓以淫戒淫，劝人息欲"①，比如《肉蒲团》第一回《止淫风借淫事说法，谈色事就色欲开端》便宣称："做这部小说的人，原是一片婆心，要为世人说法，劝人窒欲，不是劝人纵欲；劝人秘淫，不是为人宣淫。看官们不可认错也。"② 但客观效果相反，只会产生纵欲宣淫的恶劣影响。同时我们也承认，小说往往能再现彼时的生活情况，有助于后来的人了解当时的社会、政治、经济情况等。又如，《品花宝鉴》以优伶为主角，写的是清代乾隆、嘉庆年间北京城中一批名伶和公子名士的生活。小说中有大量篇幅涉及堂会的唱法等，比如第三回《卖烟壶老王索诈　砸菜碗小旦撒娇》，写魏聘才逛戏园子的热闹场景，"……耳边听得一阵锣鼓响，走过了几家铺面，见一个戏园，写着'三乐园'，是联珠班。进去看时，见两旁楼上楼下及中间池子里，人都坐满了，台上也将近开戏"③。写出了当时戏曲演出的盛况，整条街车水马龙、戏园里人山人海，并且详细介绍了戏园布局、戏园里的规矩等，还描写了当时优伶的衣着装束，"远远看那些小旦时，也有斯文的，也有伶俐的，也有淘气的，身上的衣裳却极华美，有海龙，有狐腿，有水獭，有染貂，都是玉琢粉妆的脑袋，花嫣柳媚的神情"④。优伶的地位并不高，可从此处文字所写的优伶们华丽奢侈的衣着，可看出人们对听戏的热情，也可从侧面反映当时的经济状况和人们的审美风格。这

---

① 张俊：《清代小说史》，杭州：浙江古籍出版社，1997年，第169页。

② 《肉蒲团》，《明清善本小说丛刊初编：艳情小说专辑》，台北：天一出版社，1993年。

③ （清）陈森：《品花宝鉴》，《古本小说集成》，上海：上海古籍出版社，1990年，第98页。

④ （清）陈森：《品花宝鉴》，《古本小说集成》，上海：上海古籍出版社，1990年，第99页。

些都是当时戏园演出情况的翔实资料。同时此书也反映了当时养娈童、相公的风气，乾隆三十四年（1769）、嘉庆四年（1799），朝廷都下令禁止官员蓄养歌童，认为其"耗费多金，废弛公务，甚且夤缘生事"①，可见当时蓄养娈童、歌童风气严重，此书正可作为那一时代社会现实的史鉴。

　　清代的小说禁毁从顺治时期拉开序幕，康熙朝中后期开始全面展开，在乾隆朝达到登峰造极的地步，于道光、同治年间又掀起几次大型禁书运动，直到清末，小说禁毁运动几乎成了强弩之末，随着清王朝的覆灭而宣告失效。清代的禁毁政令与禁毁运动影响到社会生活和清代小说发展的各方面。小说禁毁虽然在大体趋势上阻碍、干扰了小说创作、传播的正常发展，但是禁止不了人们阅读小说之心，阻止不了小说的发展，更阻挡不了精神文明的前进，这实际上表明了清廷的小说禁毁政令最终宣告失效。禁书这种野蛮残酷的现象，要理性对待、谨慎而为。我们今日建设精神文明、发展文化事业时，要总结历史经验，吸取历史教训，为当下小说的发展和文化生活的繁荣提供借鉴。

---

　　① 《大清高宗纯皇帝实录》卷八百四十五，转引自王利器：《元明清三代禁毁小说戏曲史料》，上海：上海古籍出版社，1981年，第46页。

附录 1 清代小说禁毁重要事件

表 1 清代小说禁毁重要事件

序号	时间	重要的禁毁事件、政令	明令禁毁的小说（数量）
	清世祖·顺治		
1	顺治元年（1644）		
2	顺治二年（1645）		
3	顺治三年（1646）		
4	顺治四年（1647）		
5	顺治五年（1648）		
6	顺治六年（1649）		
7	顺治七年（1650）		
8	顺治八年（1651）		
9	顺治九年（1652）	禁刻琐语淫词，及一切滥刻窗艺社稿	
10	顺治十年（1653）		
11	顺治十一年（1654）		
12	顺治十二年（1655）		
13	顺治十三年（1656）		
14	顺治十四年（1657）		
15	顺治十五年（1658）		
16	顺治十六年（1659）		
17	顺治十七年（1660）		

（续上表）

序号	时间	重要的禁毁事件、政令	明令禁毁的小说（数量）
18	顺治十八年（1661）	浙江左布政使张缙彦出资为李渔刻《无声戏二集》，被弹劾"诡称为不死英雄，以煽惑人心"，革职流徒	《无声戏二集》
	清圣祖·康熙		
19	康熙元年（1662）		
20	康熙二年（1663）	禁私刻琐语淫词，有乖风化者	
21	康熙三年（1664）		
22	康熙四年（1665）		《续金瓶梅》
23	康熙五年（1666）		
24	康熙六年（1667）		
25	康熙七年（1668）		
26	康熙八年（1669）		
27	康熙九年（1670）		
28	康熙十年（1671）		
29	康熙十一年（1672）		
30	康熙十二年（1673）		
31	康熙十三年（1674）		
32	康熙十四年（1675）		
33	康熙十五年（1676）		
34	康熙十六年（1677）		
35	康熙十七年（1678）		
36	康熙十八年（1679）		
37	康熙十九年（1680）		

（续上表）

序号	时间	重要的禁毁事件、政令	明令禁毁的小说（数量）
38	康熙二十年（1681）		
39	康熙二十一年（1682）		
40	康熙二十二年（1683）		
41	康熙二十三年（1684）		
42	康熙二十四年（1685）		
43	康熙二十五年（1686）	江苏巡抚汤斌严禁私刻编纂宣淫诲诈的小说传奇	
44	康熙二十六年（1687）	刑科给事中刘楷疏请除淫书，议准，禁书肆刊刻出卖、撰著淫词小说，毁其刻板，从重治罪	淫词小说共一百五十余种
45	康熙二十七年（1688）		
46	康熙二十八年（1689）		
47	康熙二十九年（1690）		
48	康熙三十年（1691）		
49	康熙三十一年（1692）		
50	康熙三十二年（1693）		
51	康熙三十三年（1694）		
52	康熙三十四年（1695）		
53	康熙三十五年（1696）		
54	康熙三十六年（1697）		
55	康熙三十七年（1698）		
56	康熙三十八年（1699）		
57	康熙三十九年（1700）		

（续上表）

序号	时间	重要的禁毁事件、政令	明令禁毁的小说（数量）
58	康熙四十年（1701）	题准，永行严禁淫词小说	
59	康熙四十一年（1702）		
60	康熙四十二年（1703）		
61	康熙四十三年（1704）		
62	康熙四十四年（1705）		
63	康熙四十五年（1706）		
64	康熙四十六年（1707）		
65	康熙四十七年（1708）		
66	康熙四十八年（1709）	吏部议覆，永行严禁淫词小说，从之	
67	康熙四十九年（1710）		
68	康熙五十年（1711）	《南山集》案	
69	康熙五十一年（1712）		
70	康熙五十二年（1713）		
71	康熙五十三年（1714）	特颁谕旨，严禁淫词小说，销毁板书（禁刻印、市卖），将此条令列入大清律例	
72	康熙五十四年（1715）		
73	康熙五十五年（1716）		
74	康熙五十六年（1717）		
75	康熙五十七年（1718）		
76	康熙五十八年（1719）		
77	康熙五十九年（1720）		

（续上表）

序号	时间	重要的禁毁事件、政令	明令禁毁的小说（数量）
78	康熙六十年（1721）		
79	康熙六十一年（1722）		
	清世宗·雍正		
80	雍正元年（1723）		
81	雍正二年（1724）	奏准，禁市卖淫词小说，销毁板书（禁刻印、市卖、买看）	
82	雍正三年（1725）		
83	雍正四年（1726）		
84	雍正五年（1727）		
85	雍正六年（1728）	①吕留良之狱②谕，郎坤因援引《三国志》陈奏而革职（禁援引小说陈奏）	
86	雍正七年（1729）		
87	雍正八年（1730）		
88	雍正九年（1731）		
89	雍正十年（1732）		
90	雍正十一年（1733）		
91	雍正十二年（1734）		
92	雍正十三年（1735）		
	清高宗·乾隆	文字狱一百三十余起	
93	乾隆元年（1736）		
94	乾隆二年（1737）		

（续上表）

序号	时间	重要的禁毁事件、政令	明令禁毁的小说（数量）
95	乾隆三年（1738）	议准，严禁淫词小说，销毁板书（禁刻印、市卖、买看、租赁）；刑部议覆广韶学政王丕烈奏禁淫词小说事	
96	乾隆四年（1739）		
97	乾隆五年（1740）		
98	乾隆六年（1741）		
99	乾隆七年（1742）		
100	乾隆八年（1743）		
101	乾隆九年（1744）		
102	乾隆十年（1745）		
103	乾隆十一年（1746）		
104	乾隆十二年（1747）		
105	乾隆十三年（1748）		
106	乾隆十四年（1749）		
107	乾隆十五年（1750）		
108	乾隆十六年（1751）		
109	乾隆十七年（1752）		
110	乾隆十八年（1753）	谕内阁，严禁翻译《水浒传》《西厢记》等秽恶之书，烧毁现有者及原板	《水浒传》《西厢记》
111	乾隆十九年（1754）	吏部奏请禁毁《水浒传》，议准	《水浒传》
112	乾隆二十年（1755）		

（续上表）

序号	时间	重要的禁毁事件、政令	明令禁毁的小说（数量）
113	乾隆二十一年（1756）		
114	乾隆二十二年（1757）		
115	乾隆二十三年（1758）		
116	乾隆二十四年（1759）		
117	乾隆二十五年（1760）		
118	乾隆二十六年（1761）		
119	乾隆二十七年（1762）		
120	乾隆二十八年（1763）		
121	乾隆二十九年（1764）		
122	乾隆三十年（1765）		
123	乾隆三十一年（1766）		
124	乾隆三十二年（1767）	奏准禁毁（无小说）	
125	乾隆三十三年（1768）		
126	乾隆三十四年（1769）		
127	乾隆三十五年（1770）		
128	乾隆三十六年（1771）		
129	乾隆三十七年（1772）		
130	乾隆三十八年（1773）	正式开始编修《四库全书》，延续至乾隆五十七年；谕，令各省将违碍字句书籍，实力查缴，解京销毁	
131	乾隆三十九年（1774）		
132	乾隆四十年（1775）	奏准禁毁（无小说）	
133	乾隆四十一年（1776）		
134	乾隆四十二年（1777）	奏准禁毁（无小说）	

（续上表）

序号	时间	重要的禁毁事件、政令	明令禁毁的小说（数量）
135	乾隆四十三年（1778）	奏准禁毁	江宁布政使刊发《违碍书籍目录》：《退虏公案》《剿闯小说》《樵史演义》《定鼎奇闻》《虞初新志》《鸳鸯绦传奇》《喜逢春传奇》《五色石传奇》《广爰书传奇》《双泉记传奇》《八洞天》
136	乾隆四十四年（1779）	奏准禁毁	《归莲梦》
137	乾隆四十五年（1780）	奏准禁毁（无小说）	
138	乾隆四十六年（1781）	奏准禁毁	《英烈传》《镇海春秋》
139	乾隆四十七年（1782）	奏准禁毁	浙江布政使刊发《禁书总目》：《辽海丹忠录》《说岳全传》《精忠传》
140	乾隆四十八年（1783）	奏准禁毁	
141	乾隆四十九年（1784）		
142	乾隆五十年（1785）		
143	乾隆五十一年（1786）		
144	乾隆五十二年（1787）		
145	乾隆五十三年（1788）	奏准禁毁	
146	乾隆五十四年（1789）		
147	乾隆五十五年（1790）		
148	乾隆五十六年（1791）		
149	乾隆五十七年（1792）		
150	乾隆五十八年（1793）		
151	乾隆五十九年（1794）		

（续上表）

序号	时间	重要的禁毁事件、政令	明令禁毁的小说（数量）
152	乾隆六十年（1795）		
153	（乾隆年间）		《蓬轩别记》（此书载于《清代禁书知见录》，未知具体遭禁年份，只确定于纂修《四库全书》期间，即乾隆三十八年至乾隆五十七年间禁毁）
	清仁宗·嘉庆		
154	嘉庆元年（1796）		
155	嘉庆二年（1797）		
156	嘉庆三年（1798）		
157	嘉庆四年（1799）		
158	嘉庆五年（1800）		
159	嘉庆六年（1801）		
160	嘉庆七年（1802）	上谕内阁，禁毁不经小说及其原板，不准再行编造刊刻	《水浒传》《西厢记》等不经小说
161	嘉庆八年（1803）		
162	嘉庆九年（1804）		
163	嘉庆十年（1805）		
164	嘉庆十一年（1806）		
165	嘉庆十二年（1807）		
166	嘉庆十三年（1808）		
167	嘉庆十四年（1809）		

（续上表）

序号	时间	重要的禁毁事件、政令	明令禁毁的小说（数量）
168	嘉庆十五年（1810）	伯依保奏禁小说，谕，即行销毁好勇斗狠、秽亵不端的小说	《灯草和尚》《如意君传》《浓情快史》《株林野史》《肉蒲团》
169	嘉庆十六年（1811）		
170	嘉庆十七年（1812）		
171	嘉庆十八年（1813）	①谕，禁毁稗官小说、无稽小说 ②禁开设小说坊肆	
172	嘉庆十九年（1814）		
173	嘉庆二十年（1815）		
174	嘉庆二十一年（1816）		
175	嘉庆二十二年（1817）		
176	嘉庆二十三年（1818）		
177	嘉庆二十四年（1819）		
178	嘉庆二十五年（1820）		
	清宣宗·道光		
179	道光元年（1821）		
180	道光二年（1822）		
181	道光三年（1823）		
182	道光四年（1824）		
183	道光五年（1825）		
184	道光六年（1826）		
185	道光七年（1827）		
186	道光八年（1828）		
187	道光九年（1829）		
188	道光十年（1830）		

（续上表）

序号	时间	重要的禁毁事件、政令	明令禁毁的小说（数量）
189	道光十一年（1831）		
190	道光十二年（1832）		
191	道光十三年（1833）		
192	道光十四年（1834）	谕内阁，禁毁淫书小说、俚鄙的传奇演义，不准刊刻租赁	
193	道光十五年（1835）		
194	道光十六年（1836）		
195	道光十七年（1837）		
196	道光十八年（1838）	江苏按察使司于吴县设公局，收毁淫书淫画	小说戏曲116种，详见史料①
197	道光十九年（1839）		
198	道光二十年（1840）		
199	道光二十一年（1841）		
200	道光二十二年（1842）		
201	道光二十三年（1843）		
202	道光二十四年（1844）	浙江巡抚于省城仙林寺设公局，收毁淫词小说。浙江杭州、浙江湖州、浙江仁和县禁淫词小说	小说戏曲120种，详见史料②

---

① 详见王利器：《元明清三代禁毁小说戏曲史料》，上海：上海古籍出版社，1981年，第134页。

② 详见王利器：《元明清三代禁毁小说戏曲史料》，上海：上海古籍出版社，1981年，第122页。

（续上表）

序号	时间	重要的禁毁事件、政令	明令禁毁的小说（数量）
203	道光二十五年（1845）		
204	道光二十六年（1846）		
205	道光二十七年（1847）		
206	道光二十八年（1848）		
207	道光二十九年（1849）		
208	道光三十年（1850）		
	清文宗·咸丰		禁毁小说 2 种
209	咸丰元年（1851）	（湖南、四川教匪猖獗）上谕军机大臣，禁毁《水浒传》《性命圭旨》两书	《水浒传》《性命圭旨》
210	咸丰二年（1852）		
211	咸丰三年（1853）		
212	咸丰四年（1854）		
213	咸丰五年（1855）		
214	咸丰六年（1856）		
215	咸丰七年（1857）		
216	咸丰八年（1858）		
217	咸丰九年（1859）		
218	咸丰十年（1860）		
219	咸丰十一年（1861）		
220	同治元年（1862）		
	清穆宗·同治		禁毁小说戏曲 156 种
221	同治二年（1863）		
222	同治三年（1864）		
223	同治四年（1865）		

（续上表）

序号	时间	重要的禁毁事件、政令	明令禁毁的小说（数量）
224	同治五年（1866）		
225	同治六年（1867）		
226	同治七年（1868）	谕内阁，批准丁日昌设销毁淫词小说局，禁毁淫词小说，令各州县效法	小说戏曲156种，详见史料①
227	同治八年（1869）		
228	同治九年（1870）		
229	同治十年（1871）	御史刘瑞祺奏请销毁小说书板，谕内阁，重申要严行查禁各省书肆违禁刊刻、公然售卖的坊本小说，将书板全行收毁，不准再编造刊印	
230	同治十一年（1872）	谕，造刻淫词小说罪应拟流者不准减刑	
231	同治十二年（1873）		
232	同治十三年（1874）	重申同治十一年申明的法令	
	清德宗·光绪		
233	光绪元年（1875）		
234	光绪二年（1876）		
235	光绪三年（1877）		
236	光绪四年（1878）		

---

① 详见王利器：《元明清三代禁毁小说戏曲史料》，上海：上海古籍出版社，1981年，第148页。

（续上表）

序号	时间	重要的禁毁事件、政令	明令禁毁的小说（数量）
237	光绪五年（1879）		
238	光绪六年（1880）		
239	光绪七年（1881）		
240	光绪八年（1882）		
241	光绪九年（1883）		
242	光绪十年（1884）		
243	光绪十一年（1885）	谕，造刻淫词小说罪应拟流者不准减刑	
244	光绪十二年（1886）		
245	光绪十三年（1887）		
246	光绪十四年（1888）		
247	光绪十五年（1889）		
248	光绪十六年（1890）	重申光绪十一年申明的法令	
249	光绪十七年（1891）		
250	光绪十八年（1892）		
251	光绪十九年（1893）		
252	光绪二十年（1894）		
253	光绪二十一年（1895）		
254	光绪二十二年（1896）		
255	光绪二十三年（1897）		
256	光绪二十四年（1898）	禁毁康有为、梁启超等的著作	《新中国未来记》《夏威夷游记》《新大陆游记》《印度游记》《意大利游记》
257	光绪二十五年（1899）		

（续上表）

序号	时间	重要的禁毁事件、政令	明令禁毁的小说（数量）
258	光绪二十六年（1900）	①重申光绪十一年申明的法令 ②禁毁康有为、梁启超等的著作	
259	光绪二十七年（1901）		
260	光绪二十八年（1902）		
261	光绪二十九年（1903）		
262	光绪三十年（1904）		
263	光绪三十一年（1905）		
264	光绪三十二年（1906）		
265	光绪三十三年（1907）		
266	光绪三十四年（1908）		
	清·宣统		
267	宣统元年（1909）		
268	宣统二年（1910）		
269	宣统三年（1911）		

附录 2　清代禁毁的小说

此附录主要参考《中国古代小说百科全书》《中国古代小说总目》《清代禁书总述》《中国禁毁小说百话》《清代各省禁书汇考》等综合整理而成。

另，部分作品不见著录，甚或未能确定其文体为小说或戏曲，暂一并列于此表，待进一步考证。

表 1　清代禁毁小说相关情况

序号	作品名称	创作时间与作者	篇幅	主要内容	版本	存佚情况	被禁毁情况
1	《八洞天》	清初，徐述夔撰（序署"五色石主人题于笔炼阁"，各卷卷首题"笔炼阁编述"）	八篇，拟话本小说集	假托唐、后周、宋、金、明各朝，实写清代现实。每卷演述一个故事。用传统的儒家道德规范来观照日常伦理问题，体现了明显的劝世意图	清前期写刻本，藏日本内阁文库，大连图书馆藏日本抄本第一卷，北京大学图书馆藏有抄本。满文译本八卷八册，抄本藏故宫博物院	存	乾隆四十三年，被列入应毁徐述夔著作书目中（徐述夔因《一柱楼诗》案被开棺戮尸）
2	《八段锦》	醒世居士编辑，樵叟参订	话本小说集。八段，每段一篇短篇小说	写贪色、惧内、嫖妓、赌博、通奸、嗜酒、	醉月楼刊本	存	道光十八年苏郡设局收毁淫书目、道光二十四

（续上表）

序号	作品名称	创作时间与作者	篇幅	主要内容	版本	存佚情况	被禁毁情况
				恶淫遭报，假托汉、宋、明诸朝。风格手法模拟宋、元话本。多有色情描写，淫词亵语			年杭州府设局收毁淫书目、同治七年江苏巡抚丁日昌查禁淫词小说书目皆有著录
3	《八美图》	清代佚名	三十二回	宋代杭州人柳树春经历的悲欢离合故事，书中的八位美女形象，叛逆反抗、不屈不挠，尤为感人至深	民国间石印本	存	道光十八年苏郡设局收毁淫书目、道光二十四年杭州府设局收毁淫书目、同治七年江苏巡抚丁日昌查禁淫词小说书目皆有著录
4	《百花台》				光绪间石印本	存	道光十八年苏郡设局收毁淫书目、道光二十四年杭州府设局收毁淫书目、同治七年江苏巡抚丁日昌查禁淫词小说书目皆有著录

（续上表）

序号	作品名称	创作时间与作者	篇幅	主要内容	版本	存佚情况	被禁毁情况
5	《北史演义》	清杜纲撰	六十四卷	历史演义小说，但内容多反映天子沉溺酒色、太后恣行淫乱，涉秽亵，并违反封建伦理等	乾隆五十八年刻本、嘉庆二年重刊刻本、民国九年铅印本	存	道光二十四年杭州府设局收毁淫书目、同治七年江苏巡抚丁日昌查禁淫词小说书目皆有著录
6	《碧玉狮》			虞诏考状元、娶妻、大团圆	嘉庆二十四年刻本	存	道光十八年苏郡设局收毁淫书目、道光二十四年杭州府设局收毁淫书目、同治七年江苏巡抚丁日昌查禁淫词小说书目皆有著录
7	《碧玉塔》	清杨驾凡编			道光十年刻本	存	道光十八年苏郡设局收毁淫书目、道光二十四年杭州府设局收毁淫书目、同治七年江苏巡抚丁日昌查禁淫词小说书目皆有著录

（续上表）

序号	作品名称	创作时间与作者	篇幅	主要内容	版本	存佚情况	被禁毁情况
8	《弁而钗》	明醉西湖心月主人撰	二十回	同性恋而引发的悲欢离合故事，描摹了变态性行为，导欲色彩浓厚。尽管带有一定故事性，对社会罪恶有所揭露，但内容上无足称道且艺术上生搬硬套	明崇祯笔耕山房刻本	存	道光十八年苏郡设局收毁淫书目、道光二十四年杭州府设局收毁淫书目、同治七年江苏巡抚丁日昌查禁淫词小说书目皆有著录
9	《补红楼梦》	清娜嬛山樵撰	四十八回	《红楼梦》续书	嘉庆二十五年刻本	存	道光十八年苏郡设局收毁淫书目、道光二十四年杭州府设局收毁淫书目、同治七年江苏巡抚丁日昌查禁淫词小说书目皆有著录

（续上表）

序号	作品名称	创作时间与作者	篇幅	主要内容	版本	存佚情况	被禁毁情况
10	《禅真逸史》亦名《残梁外史》《妙相寺全传》（坊刻本改题为后两者）	明方汝浩撰	八集四十回	南北朝时东魏将军林时茂，"替天行道""除暴安良"。颂扬了农民起义，以海盗罪名遭禁。情节曲折，勾连得法，人物形象亦较丰满，语言流畅，但说教意味浓厚，稍有秽笔	明末刻本、清初刻本、同治间刊本、光绪间石印本	存	道光十八年苏郡设局收毁淫书目、道光二十四年杭州府设局收毁淫书目、同治七年江苏巡抚丁日昌查禁淫词小说书目皆有著录
11	《禅真后史》	明方汝浩撰	十卷六十回，另有五十三回节本	隋朝末年，瞿琰扶弱除暴，"拯世救民"。内容有碍清廷，遭禁	崇祯二年峥霄馆刊本、钱塘金衙刊本、同人堂藏板本、清末本衙藏板本	存，有全本，有删本	道光十八年苏郡设局收毁淫书目、道光二十四年杭州府设局收毁淫书目、同治七年江苏巡抚丁日昌查禁淫词小说书目皆有著录

（续上表）

序号	作品名称	创作时间与作者	篇幅	主要内容	版本	存佚情况	被禁毁情况
12	《痴婆子传》	明芙蓉主人辑，情痴子批校	上下二卷，传奇小说	老媪上官阿娜的回忆，采用第一人称写法，细致描绘主人公的败检淫行	乾隆年间刻本、《写春园丛书》本、石印本及多种抄本	存	道光十八年苏郡设局收毁淫书目、道光二十四年杭州府设局收毁淫书目、同治七年江苏巡抚丁日昌查禁淫词小说书目皆有著录
13	《春灯迷史》	清青阳野人编	十回	书生金华与娇娘、俊娥。文辞鄙陋，多淫秽描写	齐藏刊本、吴藏残刊本、高藏抄本	存	道光十八年苏郡设局收毁淫书目、道光二十四年杭州府设局收毁淫书目、同治七年江苏巡抚丁日昌查禁淫词小说书目皆有著录
14	《丹忠录》，亦名《辽海丹忠录》	明陆人龙（平原孤愤生）著，翠娱阁主人陆云龙序，成书于崇祯三年	八卷四十回	万历十七年至崇祯三年之间的辽东战事，真实再现明王朝和后金政	崇祯三年翠娱阁刻本	存	乾隆年间遭禁

（续上表）

序号	作品名称	创作时间与作者	篇幅	主要内容	版本	存佚情况	被禁毁情况
				权的争斗。具有较强的史料价值，长于叙事，语言简洁洗练，但人物欠精雕细刻			
15	《灯草和尚》	清，原题元临安高则诚撰，云游道人编次，明吴周求虹评	十二回	灯草和尚与杨官儿一家的大淫乱。对禁欲主义和封建伦理道德进行了无情的嘲弄，但亦多淫亵描写	清和轩刊本、坊刊本	存	嘉庆十五年伯依保奏禁小说目著录
16	《红楼重梦》			《红楼梦》续书			同治七年江苏巡抚丁日昌查禁淫词小说书目有著录

（续上表）

序号	作品名称	创作时间与作者	篇幅	主要内容	版本	存佚情况	被禁毁情况
17	《灯月缘》	清烟水散人撰	十二回	明崇祯年间，真楚玉风流多情、酒色过度而一命呜呼。多涉淫秽	明末清初啸花轩刊本	存	道光十八年苏郡设局收毁淫书目、道光二十四年杭州府设局收毁淫书目、同治七年江苏巡抚丁日昌查禁淫词小说书目皆有著录
18	《定鼎奇闻》亦名《新世弘勋》《盛世弘勋》《新史奇观》《顺治皇过江全传》《铁冠图全传》《新世弘勋大明崇祯传定鼎奇闻》	清顺治间，蓬蒿子撰（作者为明末清初人）	四卷二十二回	叙明末农民起义领袖李自成之事，"详载逆闯寇乱之因由，恭纪大清荡平之始末"（庆云楼刻本卷首题字）。全书以《剿闯通俗小说》为蓝本。旨在宣传"国家治乱，气数兴衰，运总由天，复因人召"之说，欲使	遭禁后，书商屡易其名以混人耳目。清顺治庆云楼刻本、嘉庆索古居刻本、道光文渊堂刻本、姑苏稼史轩刻本等	存	乾隆年间，乾隆四十三年江宁布政使刊《违碍书籍目录》著录

（续上表）

序号	作品名称	创作时间与作者	篇幅	主要内容	版本	存佚情况	被禁毁情况
				"举世之人，悉皆去恶存善，就正离邪"（作者自序）。描写粗糙，情节零乱，艺术水平不高			
19	《反唐演义传》亦名《武则天改唐演义》《异说南唐演义全传》《反唐女娲镜全传》	清如莲居士编辑	十四卷一百四十回	薛刚闯下大祸，致薛家被抄斩，薛刚起兵造反，拥太子即位。写的是反抗朝廷的历史演义故事，有碍清廷统治	瑞文堂刊大字本、三和堂刊本、崇德堂藏板本、致和堂本	存	道光十八年苏郡设局收毁淫书目、道光二十四年杭州府设局收毁淫书目、同治七年江苏巡抚丁日昌查禁淫词小说书目皆有著录
20	《风流艳史》						道光十八年苏郡设局收毁淫书目、道光二十四年杭州府设局收毁淫书目、同治七年江苏巡抚丁日昌查禁淫词小说书目皆有著录

（续上表）

序号	作品名称	创作时间与作者	篇幅	主要内容	版本	存佚情况	被禁毁情况
21	《风流野志》						道光二十四年杭州府设局收毁淫书目、同治七年江苏巡抚丁日昌查禁淫词小说书目皆有著录
22	《凤点头》						道光十八年苏郡设局收毁淫书目、道光二十四年杭州府设局收毁淫书目、同治七年江苏巡抚丁日昌查禁淫词小说书目皆有著录
23	《株林野史》	清艳春居士、痴道人编辑	十六回	春秋之际，陈国夏姬与陈灵公、大夫孔宁、仪行父等多人乱淫乱交的秽行	石印本（四卷本）、民国六年上海小说社排印本（六卷本）	存	嘉庆十五年伯依保奏禁小说目著录，道光十八年苏郡设局收毁淫书目、道光二十四年杭州府设局收毁淫书目、同治七年江苏巡抚丁日昌查禁淫词小说书目皆有著录

（续上表）

序号	作品名称	创作时间与作者	篇幅	主要内容	版本	存佚情况	被禁毁情况
24	《隔帘花影》	清佚名编	四十八回	《续金瓶梅》的删改本，删去了大量的封建迷信内容，还削减了每回开头的说教议论，减少了情节的错杂现象，但也删掉了大量反对民族压迫的内容，削弱了原书仅有的一点积极意义。有淫秽描写	本衙藏板本，题"三世报隔帘花影"	存	道光十八年苏郡设局收毁淫书目、道光二十四年杭州府设局收毁淫书目、同治七年江苏巡抚丁日昌查禁淫词小说书目皆有著录
25	《更岂有此理》	清佚名撰	四卷	卷一收《读史记殷本纪后》一类书后、评论文；卷二收《半野铭》《谐庄》一类游戏文及词曲；卷三收《水墨钟馗赞》及《洞中八仙歌》一类诗赞；卷四收《器物铭》《戏馆制艺》一类小品	嘉庆五年刊本、道光四年与《岂有此理》合刊本	存	道光十八年苏郡设局收毁淫书目、道光二十四年杭州府设局收毁淫书目、同治七年江苏巡抚丁日昌查禁淫词小说书目皆有著录

（续上表）

序号	作品名称	创作时间与作者	篇幅	主要内容	版本	存佚情况	被禁毁情况
26	《国色天香》	吴所敬编辑			大梁周氏刊本、学源堂刊本	存	道光十八年苏郡设局收毁淫书目、道光二十四年杭州府设局收毁淫书目、同治七年江苏巡抚丁日昌查禁淫词小说书目皆有著录
27	《汉宋奇书》，又名《英雄谱》	清熊飞编		《水浒传》与《三国演义》的清代合刻本	明崇祯年间雄飞馆刊本，题作《精镌三国水浒全书》；清代刊本，题作《绣像汉宋奇书》	存	道光二十四年杭州府设局收毁淫书目、同治七年江苏巡抚丁日昌查禁淫词小说书目皆有著录
28	《红楼补梦》	清嫏嬛山樵撰		《红楼梦》续书		存	道光十八年苏郡设局收毁淫书目、道光二十四年杭州府设局收毁淫书目、同治七年江苏巡抚丁日昌查禁淫词小说书目皆有著录

（续上表）

序号	作品名称	创作时间与作者	篇幅	主要内容	版本	存佚情况	被禁毁情况
29	《红楼复梦》	清红香阁小和山樵南阳氏编辑，款月楼武陵女史月文氏校订	一百回	《红楼梦》续书	金谷园嘉庆十年刊本，嫏嬛斋刊本，平湖宝芸堂刊本，上海申报馆光绪二年仿聚珍板排印本，民国六年上海荣华书局石印本，民国十二年启新书局石印本	存	道光十八年苏郡设局收毁淫书目、道光二十四年杭州府设局收毁淫书目、同治七年江苏巡抚丁日昌查禁淫词小说书目皆有著录
30	《红楼梦》	清曹雪芹撰，高鹗续	一百二十回	禁毁缘由是"淫词小说，向干禁例"，实乃因本书揭露了封建统治者的腐朽和没落，同情、赞扬了封建思想的叛逆者，歌颂了纯洁无瑕的爱情		存	道光十八年苏郡设局收毁淫书目、道光二十四年杭州府设局收毁淫书目、同治七年江苏巡抚丁日昌查禁淫词小说书目皆有著录

（续上表）

序号	作品名称	创作时间与作者	篇幅	主要内容	版本	存佚情况	被禁毁情况
31	《红楼圆梦》	清梦梦先生撰	三十回	《红楼梦》续书	嘉庆十九年红蔷阁写刻本，光绪二十三年上海书局石印本，光绪二十四年上海书局石印本，光绪三十三年石印本，民国十九年广益书局铅印本	存	道光十八年苏郡设局收毁淫书目、道光二十四年杭州府设局收毁淫书目、同治七年江苏巡抚丁日昌查禁淫词小说书目皆有著录
32	《后红楼梦》	清逍遥子撰	三十回	《红楼梦》续书	嘉庆间刊本、民国十九年石印本	存	道光十八年苏郡设局收毁淫书目、道光二十四年杭州府设局收毁淫书目、同治七年江苏巡抚丁日昌查禁淫词小说书目皆有著录

（续上表）

序号	作品名称	创作时间与作者	篇幅	主要内容	版本	存佚情况	被禁毁情况
33	《呼春稗史》亦名《传记玉蜻蜓》	清佚名	十六回	尼姑庵的淫秽史，文字拙劣，不堪入目	刊本	存	道光十八年苏郡设局收毁淫书目、道光二十四年杭州府设局收毁淫书目、同治七年江苏巡抚丁日昌查禁淫词小说书目皆有著录
34	《花间笑语》	酿花使者纂		笔记小说	清刊本	存	道光十八年苏郡设局收毁淫书目、道光二十四年杭州府设局收毁淫书目、同治七年江苏巡抚丁日昌查禁淫词小说书目皆有著录
35	《欢喜冤家》亦名《贪欢报》《艳镜》《欢喜奇观》	崇祯十三年，西湖渔隐主人撰	二十四回	男女偷情贪欢之事，反映因果报应，劝善警恶的思想。有淫秽描写	山水邻原刊本，赏心亭再刊本，联绎堂刊本	存	道光十八年苏郡设局收毁淫书目、道光二十四年杭州府设局收毁淫书目、同治七年江苏巡抚丁日昌查禁淫词小说书目皆有著录

（续上表）

序号	作品名称	创作时间与作者	篇幅	主要内容	版本	存佚情况	被禁毁情况
36	《幻情逸史》						道光十八年苏郡设局收毁淫书目、道光二十四年杭州府设局收毁淫书目、同治七年江苏巡抚丁日昌查禁淫词小说书目皆有著录
37	《剿闯小说》又名《剿闯小史》《剿闯孤忠小说》《馘闯小说》《忠孝传》	明代，署为"懒道人口授，葫芦道人署笔"，或云为龚云起撰	十回	吴三桂镇压李自成农民军一事，拥护南明，称满人为"虏"或"鞑子"	明弘光元年兴文馆刊本，题"新编剿闯通俗小说"；清初刻本，题"忠孝传"；清抄本，题"剿闯小史"；民国间铅印本	存	乾隆四十五年禁毁
38	《解人颐》	不详	八卷二十四集	笑话、趣闻、逸事等小故事	乾隆二十八年重编刊本、民国间石印本	不详	道光十八年苏郡设局收毁淫书目、道光二十四年杭州府设局收毁淫书目、同治七年江苏巡抚丁日昌查禁淫词小说书目皆有著录

（续上表）

序号	作品名称	创作时间与作者	篇幅	主要内容	版本	存佚情况	被禁毁情况
39	《今古奇观》	明姑苏抱瓮老人编	四十卷	话本小说选集，题材除少部分暴露统治阶级的凶残狠毒外，大部分是对爱情与友谊的歌颂	明刻本、清芥子园刻本、光绪二十五年刻本	存	道光十八年苏郡设局收毁淫书目、道光二十四年杭州府设局收毁淫书目、同治七年江苏巡抚丁日昌查禁淫词小说书目皆有著录
40	《金瓶梅词话》	明兰陵笑笑生撰	一百回	借武松杀嫂一段故事为引子，通过对兼有官僚恶霸、富商三种身份的西门庆及其家庭生活的描述，暴露社会的黑暗与腐败，多涉淫秽描写	万历本、崇祯本	存	道光十八年苏郡设局收毁淫书目、道光二十四年杭州府设局收毁淫书目、同治七年江苏巡抚丁日昌查禁淫词小说书目皆有著录
41	《金石缘》亦名《金石缘全传》	清静恬主人撰	二十四回	揭露了封建统治者的恶劣行径，于清王朝不利	文光堂刊本、嘉庆五年鼎翰楼刊本、嘉庆十九年崇雅堂藏板本、咸丰元年文粹堂藏板本、嘉庆十二年经元堂刊本	存	道光十八年苏郡设局收毁淫书目、道光二十四年杭州府设局收毁淫书目、同治七年江苏巡抚丁日昌查禁淫词小说书目皆有著录

（续上表）

序号	作品名称	创作时间与作者	篇幅	主要内容	版本	存佚情况	被禁毁情况
42	《锦香亭》亦名《雕阳忠毅录》《第一美女传》《锦香亭绫帕记》	清古吴素庵主人编	四卷十六回	唐天宝时，书生钟景期，高中榜首，在平定安史之乱中立大功，与葛明霞结为和美姻缘	清经元堂刊本、光绪二十年石印本	存	道光十八年苏郡设局收毁淫书目、道光二十四年杭州府设局收毁淫书目、同治七年江苏巡抚丁日昌查禁淫词小说书目皆有著录
43	《锦绣衣》据日本工藤篁调查，亦题《新小说锦绣衣全台》	清代小说选集，潇湘迷津渡者编次	四卷十二回	所收小说为《换嫁衣》《移绣谱》等			道光十八年苏郡设局收毁淫书目、道光二十四年杭州府设局收毁淫书目、同治七年江苏巡抚丁日昌查禁淫词小说书目皆有著录
44	《精忠传》	明熊大木撰	八卷八十则	岳飞抗金。因"多有未经敬避之字样及指斥金人之语"被禁毁	天德堂藏板本、萃锦堂刊本等	存	乾隆四十七年禁毁

（续上表）

序号	作品名称	创作时间与作者	篇幅	主要内容	版本	存佚情况	被禁毁情况
45	《空空幻》亦名《鹦鹉唤》	清梧岗主人编次	十六回	浙江一秀才花春，内容淫秽	清坊刻本	存	道光十八年苏郡设局收毁淫书目、道光二十四年杭州府设局收毁淫书目、同治七年江苏巡抚丁日昌查禁淫词小说书目皆有著录
46	《浪史》	明风月轩又玄子撰	四十回	元朝至治年间，梅素先淫乱无度，归隐成仙。描写甚为淫亵	版本颇多，啸风轩大字本改题《巧姻缘》、啸风轩小字本改题《浪史奇观》、清末京报房活字本改题《梅梦缘》	存	道光十八年苏郡设局收毁淫书目、道光二十四年杭州府设局收毁淫书目、同治七年江苏巡抚丁日昌查禁淫词小说书目皆有著录
47	《子不语》亦名《新齐谐》	清袁枚撰	二十四卷	文言小说集	乾隆五十三年随园刻本、嘉庆二十年美德堂刻本等	存	道光十八年苏郡设局收毁淫书目、道光二十四年杭州府设局收毁淫书目、同治七年江苏巡抚丁日昌查禁淫词小说书目皆有著录

（续上表）

序号	作品名称	创作时间与作者	篇幅	主要内容	版本	存佚情况	被禁毁情况
48	《詅痴符》	清耕石居士编撰	二卷，文言短篇小说集	充斥着人兽恋和乱伦故事	嘉庆七年刊本	存	道光十八年苏郡设局收毁淫书目、道光二十四年杭州府设局收毁淫书目、同治七年江苏巡抚丁日昌查禁淫词小说书目皆有著录
49	《龙图公案》	作者待考，相传为明人所作	十卷一百则	包公断案，许多为奸情凶杀之案，不避鄙俚猥亵之情，常语涉淫词	嘉庆十三年一百则本、道光二十三年六十一则本、光绪二十一年石印本等	存	同治七年江苏巡抚丁日昌查禁淫词小说书目皆有著录
50	《绿牡丹全传》亦名《宏碧缘》	清三如亭主人撰	六十回	武则天时期，故事围绕骆宏勋和花碧莲的结合过程展开，着重描述了封建社会中的黑暗现象及官吏的腐败	嘉庆五年三槐堂刊本、道光十一年芥子园藏板本、道光二十七年刊本等	存	道光十八年苏郡设局收毁淫书目、道光二十四年杭州府设局收毁淫书目、同治七年江苏巡抚丁日昌查禁淫词小说书目皆有著录

（续上表）

序号	作品名称	创作时间与作者	篇幅	主要内容	版本	存佚情况	被禁毁情况
51	《绿野仙踪》	清李百川撰，乾隆二十七年成书	一百回	明嘉靖间冷于冰看破红尘、求仙得道的故事，揭露了权奸严嵩贪赃枉法、残害忠良、荼毒百姓的罪恶。书中有淫秽描写和封建说教	百回本有抄本；八十回本有道光十年刊本	存	道光十八年苏郡设局收毁淫书目、道光二十四年杭州府设局收毁淫书目、同治七年江苏巡抚丁日昌查禁淫词小说书目皆有著录
52	《闹花丛》	清姑苏痴情士撰	四卷十二回	话本小说。叙明朝官家子弟庞文英故事。宣扬人生短暂，应及时行乐，并以欣赏的态度描写男女情欲。有纵欲倾向，且多涉淫秽描写	姑苏痴情士序刊本、本衙刊本、罾抄本	存	道光十八年苏郡设局收毁淫书目、道光二十四年杭州府设局收毁淫书目、同治七年江苏巡抚丁日昌查禁淫词小说书目皆有著录

（续上表）

序号	作品名称	创作时间与作者	篇幅	主要内容	版本	存佚情况	被禁毁情况
53	《浓情快史》	清嘉禾餐花主人编次	三十回	杂采《如意君传》《素娥篇》等情节，写武则天的故事。封建王朝宫廷丑闻，多淫秽描写	清初啸花轩刊本	存	道光十八年苏郡设局收毁淫书目、道光二十四年杭州府设局收毁淫书目、同治七年江苏巡抚丁日昌查禁淫词小说书目皆有著录
54	《女仙外史》又名《石头魂》，日译本题名《通俗大明女仙传》	清吕熊撰	一百回	以明初的"靖难之役"为故事背景，写明永乐年间山东蒲台县农民起义军首领唐赛儿的故事。表彰忠臣义士，口诛笔伐叛臣逆子，借此影射明清之际社会大变动。虽据史实，但仙凡杂陈，事极怪诞	康熙五十年钓璜轩原刻本、清末石印本、日译本等	存	道光二十四年杭州府设局收毁淫书目、同治七年江苏巡抚丁日昌查禁淫词小说书目皆有著录

（续上表）

序号	作品名称	创作时间与作者	篇幅	主要内容	版本	存佚情况	被禁毁情况
55	《拍案惊奇》	明凌濛初撰	七十八篇短篇小说	拟话本小说。描写市井生活，男女情爱、侠客异人的故事	明崇祯年间刊行，原版本国内散佚。1982年整理出版铅排本	存	道光十八年苏郡设局收毁淫书目、道光二十四年杭州府设局收毁淫书目、同治七年江苏巡抚丁日昌查禁淫词小说书目皆有著录
56	《盘龙镯》亦名《玉连环》			才子佳人、忠孝节义的俗套故事			道光十八年苏郡设局收毁淫书目、道光二十四年杭州府设局收毁淫书目、同治七年江苏巡抚丁日昌查禁淫词小说书目皆有著录
57	《蓬轩别记》	明杨循吉撰		多采集当时社会的民间迷信、怪异传闻之事，并撰成短篇小说	顺治间《续说郛》本、明冯梦龙辑《五朝小说·明人百家小说》清初刻本	存	乾隆间禁毁[此书载于《清代禁书知见录》，未知具体遭禁年份，只确定于纂修《四库全书》期间，即乾隆三十八年至乾隆五十七年间禁毁]

155

（续上表）

序号	作品名称	创作时间与作者	篇幅	主要内容	版本	存佚情况	被禁毁情况
58	《品花宝鉴》亦名《怡情佚史》《群花宝鉴》《燕京评花录》	清陈森撰	六十回	以梅子玉、杜琴言神交情恋为主线，兼写一些达官贵人与梨园名旦往来，并穿插描写纨绔子弟玩弄、奸污优伶的丑恶行径。大量性生活描写，不堪入目，也暴露了封建社会上层的荒淫无耻	刻本较多，最早的道光五年刊本，咸丰刻本，民国铅印本等	存	同治七年江苏巡抚丁日昌查禁淫词小说书目皆有著录
59	《岂有此理》	清佚名撰	四卷	笔记。作者发表一些与封建伦理道德和正统思想相悖的看法	道光四年刊本	存	道光十八年苏郡设局收毁淫书目、道光二十四年杭州府设局收毁淫书目、同治七年江苏巡抚丁日昌查禁淫词小说书目皆有著录

（续上表）

序号	作品名称	创作时间与作者	篇幅	主要内容	版本	存佚情况	被禁毁情况
60	《绮楼重梦》	清王兰址撰	四十八回	《红楼梦》续书	嘉庆年间写刻本、十年重刊本	存	道光十八年苏郡设局收毁淫书目、道光二十四年杭州府设局收毁淫书目
61	《前七国志》	明吴门啸客撰	二十卷二十回	战国孙膑和庞涓故事	明崇祯九年"望古主人"序刊本，崇祯九年序刊本的覆印本，清刊本较多	存	道光十八年苏郡设局收毁淫书目、道光二十四年杭州府设局收毁淫书目、同治七年江苏巡抚丁日昌查禁淫词小说书目皆有著录
62	《樵史演义》亦名《樵史》、《樵史通俗演义》	清江左樵子撰，或谓陆应旸撰	八卷四十回	天启、崇祯时政事。中有违碍之处	顺治康熙年间写刻本	存	乾隆四十三年禁毁
63	《清风闸》	清浦琳演说，梅溪主人整理写作	四卷三十二回	话本小说。宋仁宗年间，皮奉山、孝姑、包公的故事。有淫秽描写	嘉庆二十四年巾箱本，同治十二年重刊本	存	道光十八年苏郡设局收毁淫书目、道光二十四年杭州府设局收毁淫书目、同治七

（续上表）

序号	作品名称	创作时间与作者	篇幅	主要内容	版本	存佚情况	被禁毁情况
							年江苏巡抚丁日昌查禁淫词小说书目皆有著录
64	《情史》全名《情史类略》，亦名《情天宝鉴》	詹詹外史编，即冯梦龙	小说集	广采历代笔记小说、历史文献和街谈巷议的爱情故事，分类编辑。颂扬爱情、揭露荒淫罪恶、宣传封建礼教等。有碍清初统治阶级	明末刻本，清嘉庆十四年刻本，芥子园刻本，光绪二十四年及民国石印本	存	道光二十四年杭州府设局收毁淫书目、同治七年江苏巡抚丁日昌查禁淫词小说书目皆有著录
65	《肉蒲团》亦名《循环报》《觉后禅》《耶蒲缘》《野叟奇语》《钟情录》《巧姻缘》《巧奇缘》	情痴反正道人编次，别题情隐先生编次	二十回		光绪年间排印本、石刻本	存	嘉庆十五年伯依保奏禁小说目著录、道光十八年苏郡设局收毁淫书目、道光二十四年杭州府设局收毁淫书目、同治七年江苏巡抚丁日昌查禁淫词小说书目皆有著录

（续上表）

序号	作品名称	创作时间与作者	篇幅	主要内容	版本	存佚情况	被禁毁情况
66	《如意君传》亦名《阃娱情传》	明徐昌龄撰〔万历四十五年（1617）之前〕	不分卷	唐武后宫中秘事。色情描写颇为露骨，是我国现存秽亵小说中最早的一部，对明代小说创作中的淫秽描写，影响深远	刊本，民国间石印本	存	嘉庆十五年伯依保奏禁小说目著录、道光十八年苏郡设局收毁淫书目、道光二十四年杭州府设局收毁淫书目、同治七年江苏巡抚丁日昌查禁淫词小说书目皆有著录
67	《三妙传》亦名《花神三妙传》《白锦琼奇会遇》	抚金养纯子吴敬所编辑	一卷	文言传奇，元代书生白景云的故事	以《国色天香》《万锦情林》所载较全	存	道光十八年苏郡设局收毁淫书目、道光二十四年杭州府设局收毁淫书目、同治七年江苏巡抚丁日昌查禁淫词小说书目皆有著录

（续上表）

序号	作品名称	创作时间与作者	篇幅	主要内容	版本	存佚情况	被禁毁情况
68	《蜃楼志》亦名《蜃楼志全传》	清庚岭劳人说、禺山老人编	二十四回	描写早期洋商，开了谴责小说的先河。在表现男女之情方面有不少淫乱的描写	嘉庆九年刊本、咸丰八年刻本	存	道光十八年苏郡设局收毁淫书目、道光二十四年杭州府设局收毁淫书目、同治七年江苏巡抚丁日昌查禁淫词小说书目皆有著录
69	《石点头》	明天然痴叟撰	十四卷	寓用东晋高僧生公在苏州虎丘说法，使顽石点头的故事，意在"推因及果，劝人作善"	明崇祯间刻本，清光绪间石印本，改题为《醒世第二奇书》，又题《五续今古奇观》	存	道光十八年苏郡设局收毁淫书目、道光二十四年杭州府设局收毁淫书目、同治七年江苏巡抚丁日昌查禁淫词小说书目皆有著录
70	《十二楼》亦名《觉世名言》	清李渔著	十二卷三十八回	十二篇短篇小说。多写男女恋情，思想较开明，但也间有低级庸俗之处	清初清闲居精刊本	存	道光十八年苏郡设局收毁淫书目、道光二十四年杭州府设局收毁淫书目、同治七年江苏巡抚丁日昌查禁淫词小说书目皆有著录

（续上表）

序号	作品名称	创作时间与作者	篇幅	主要内容	版本	存佚情况	被禁毁情况
71	《双凤奇缘》亦名《昭君传》	清雪樵主人撰	八卷八十回	演述汉元帝时王昭君出塞和番事，但并非讲史	嘉庆十四年忠恕堂藏板本、嘉庆二十四年序玉茗堂刊本	存	道光十八年苏郡设局收毁淫书目、道光二十四年杭州府设局收毁淫书目、同治七年江苏巡抚丁日昌查禁淫词小说书目皆有著录
72	《水浒传》亦名《忠义水浒传》	明施耐庵撰	100回，120回，70回，115回	描写北宋末年，以宋江为首的一百零八条好汉在山东梁山泊聚义的故事	四种版本，都是明刻本	存	乾隆十八年、乾隆十九年、嘉庆七年、咸丰元年、同治七年江苏巡抚丁日昌查禁淫词小说书目皆有著录
73	《说岳全传》	清钱彩撰	二十卷八十回	深刻揭示了当时的民族矛盾和南宋朝廷内部的斗争，显示了强烈的民族意识。以"指斥金人语，词多涉荒诞"为由遭禁	刊行于康熙二十三年，传世者有同治刻本	存	乾隆四十七年

（续上表）

序号	作品名称	创作时间与作者	篇幅	主要内容	版本	存佚情况	被禁毁情况
74	《隋炀帝艳史》亦名《风流天子传》	齐东野人编演	八卷四十回	叙述隋炀帝从篡夺帝位到身死亡国的一生主要事迹。揭露了封建统治者的腐朽残暴本质，对农民起义给予较大的同情	明代人瑞堂刊本、1985年铅印本	存	道光十八年苏郡设局收毁淫书目、道光二十四年杭州府设局收毁淫书目、同治七年江苏巡抚丁日昌查禁淫词小说书目皆有著录
75	《贪欢报》亦名《欢喜冤家》《欢喜奇观》《艳镜》《三续今古奇观》《四续今古奇观》	明西湖鱼隐主人辑	二十四回	短篇小说集。男女之情，专讲人世人情中的因果报应，多淫秽描写，思想上没有多少积极意义。但创作上有其特色，表现出一种明显的自然主义倾向，这也是晚明进步文学潮流的产物	刊本较多	存	道光十八年苏郡设局收毁淫书目、道光二十四年杭州府设局收毁淫书目、同治七年江苏巡抚丁日昌查禁淫词小说书目皆有著录

（续上表）

序号	作品名称	创作时间与作者	篇幅	主要内容	版本	存佚情况	被禁毁情况
76	《桃花艳史》	清合影楼编	六卷十二回	话本小说。文笔粗劣，格调低下，有大量淫秽描写	合影楼刊本	存	道光十八年苏郡设局收毁淫书目、道光二十四年杭州府设局收毁淫书目、同治七年江苏巡抚丁日昌查禁淫词小说书目皆有著录
77	《桃花影》亦名《牡丹奇缘》	清初烟水散人编	十二回	明朝魏玉卿与六位夫人终日淫乐，后俱成地仙。十分淫秽	畹香斋刊本、光绪二十三年石印本，改题《牡丹奇缘》	存	道光十八年苏郡设局收毁淫书目、道光二十四年杭州府设局收毁淫书目、同治七年江苏巡抚丁日昌查禁淫词小说书目皆有著录
78	《梼杌闲评》，全名《绘图梼杌闲评全传》亦名《明珠缘》	明佚名撰	五十卷五十回	章回小说。通过魏云卿与侯一娘，魏忠贤与客印月、侯秋鸿的爱情纠葛，展现了明末宦官专权、政治腐败的历史画面。叙述明	康熙后坊刻本，光绪二十年石印本	存	道光十八年苏郡设局收毁淫书目、道光二十四年杭州府设局收毁淫书目、同治七年江苏巡抚丁日昌查禁淫词小说书目皆有著录

（续上表）

序号	作品名称	创作时间与作者	篇幅	主要内容	版本	存佚情况	被禁毁情况
				末社会习俗及风土人情颇详，为后世所稽考。间有淫秽语			
79	《天豹图》亦名《剑侠飞仙天豹图》	清佚名撰	十二卷四十回	这是一部英雄传奇，写英雄被逼聚啸山林，锄奸除霸，主体有一定积极意义，情节比较紧凑。曾被改编为弹词《天宝图》（一名《英雄奇缘传》，最早有道光十年刊本，同治七年遭禁，第二年又有芥子园刊本问世）。各地方戏均演此事	嘉庆十九年厦门丰胜书坊刊本、道光六年英秀堂刊本、1912年萃英书局石印本，改题《绣像剑侠飞仙天豹图》	存	道光十八年苏郡设局收毁淫书目、道光二十四年杭州府设局收毁淫书目、同治七年江苏巡抚丁日昌查禁淫词小说书目皆有著录

（续上表）

序号	作品名称	创作时间与作者	篇幅	主要内容	版本	存佚情况	被禁毁情况
80	《巫山艳史》亦名《意中情》	清佚名撰	十六回	才子佳人小说，但对男女之情过分渲染，情调极不健康，离经叛道及淫秽描写是遭禁主因	明末清初啸花轩刊本	存	道光十八年苏郡设局收毁淫书目、道光二十四年杭州府设局收毁淫书目、同治七年江苏巡抚丁日昌查禁淫词小说书目皆有著录
81	《梧桐影》	清佚名撰	十二回	淫秽不堪	明末清初啸花轩刊本	存	道光十八年苏郡设局收毁淫书目、道光二十四年杭州府设局收毁淫书目、同治七年江苏巡抚丁日昌查禁淫词小说书目皆有著录
82	《无稽澜语》	清兰皋居士撰			清坊刻本	存	道光十八年苏郡设局收毁淫书目、道光二十四年杭州府设局收毁淫书目、同治七年江苏巡抚丁日昌查禁淫词小说书目皆有著录

（续上表）

序号	作品名称	创作时间与作者	篇幅	主要内容	版本	存佚情况	被禁毁情况
83	《无声戏》亦名《连城璧》	清李渔撰	十二篇	小说集	顺治三年首刻，后又刻集二，又有合刊本称《无声戏合集》。康熙年间书坊为射利又改称《连城璧全集》《连城璧外编》。现存刻本较为复杂	存	顺治十七年，张缙彦之祸
84	《五凤吟》亦名《凤吟楼新刊续六才子书》《素梅姐》，原题《草闲堂新编绣像五凤吟》	清云阳嗤嗤道人编著	四卷二十回	明嘉靖年间成本。色情。情节牵强拼凑，文字平庸，格调不高	清凤吟楼刻本、草闲堂刻本、稼史轩刻本	存	道光十八年苏郡设局收毁淫书目、道光二十四年杭州府设局收毁淫书目、同治七年江苏巡抚丁日昌查禁淫词小说书目皆有著录

166

（续上表）

序号	作品名称	创作时间与作者	篇幅	主要内容	版本	存佚情况	被禁毁情况
85	《五美缘》一名《再生缘》	清寄生氏撰	八十回	才子佳人故事	道光二十三年慎得堂本	存	道光十八年苏郡设局收毁淫书目、道光二十四年杭州府设局收毁淫书目、同治七年江苏巡抚丁日昌查禁淫词小说书目皆有著录
86	《五色石》	清代笔炼阁主人编述，成书于康熙前期或乾隆初年。沈德潜《徐述夔传》中提及徐述夔著有《五色石传奇》，或即此书	八卷	清代白话短篇小说集，叙世态炎凉，共八卷，每卷三字标题，复缀以回目，每卷写一个故事。作者以人生缺陷为憾事，以为善恶应有报，才子终配佳人，故以文化石补天道之缺漏	除八卷本外，另有《遍地金》四卷和《补天石》四卷，实即《五色石》之前四卷和后四卷，当为书贾割裂本书而改题书名	存	乾隆四十三年禁毁。徐述夔系文字狱中著名人物，其一切著作均遭禁毁

（续上表）

序号	作品名称	创作时间与作者	篇幅	主要内容	版本	存佚情况	被禁毁情况
87	《笑林广记》	游戏主人纂辑	十二卷	笔记。笑话近九百则，其中不乏讥讽贪官污吏、官场腐败、道学家虚伪的小品，也有调侃庸愚，故作诙谐，低级、粗俗之作	乾隆四十六年金阊书业堂刊本、乾隆五十六年三德堂刊本、光绪十三年三义堂刊本	存	道光十八年苏郡设局收毁淫书目、道光二十四年杭州府设局收毁淫书目、同治七年江苏巡抚丁日昌查禁淫词小说书目皆有著录
88	《杏花天》亦名《闺房野谈录》《红杏传》	清古堂天放道人编次	十四回，或分四卷，或不分卷	叙隋代淮扬地区纨绔子弟封悦生的风流韵事	清初啸花轩刊本，清刻本	存	道光十八年苏郡设局收毁淫书目、道光二十四年杭州府设局收毁淫书目、同治七年江苏巡抚丁日昌查禁淫词小说书目皆有著录

（续上表）

序号	作品名称	创作时间与作者	篇幅	主要内容	版本	存佚情况	被禁毁情况
89	《绣球缘》亦名《烈女惊魂传》《巧冤家》	清佚名撰	四卷二十九回	以明万历为背景，将忠奸斗争与才子佳人结合起来	咸丰元年广东富桂堂刊本、光绪二十七年石印本（题《绘图烈女惊魂传》）、光绪三十二年石印本（题《绘图巧冤家》）	存	道光十八年苏郡设局收毁淫书目、道光二十四年杭州府设局收毁淫书目、同治七年江苏巡抚丁日昌查禁淫词小说书目皆有著录
90	《绣榻野史》	明情颠主人著，王伯良考证说："为吕天成少年游之笔。"	版本甚多，各版本分卷不同	对两性描写十分露骨，大肆渲染	明万历间刊本、明末清初啸花轩刊本、民国排印本	存	道光十八年苏郡设局收毁淫书目、道光二十四年杭州府设局收毁淫书目、同治七年江苏巡抚丁日昌查禁淫词小说书目皆有著录
91	《续红楼梦》	清秦子忱著	三十卷	《红楼梦》续书	嘉庆四年抱瓮轩刊本	存	道光十八年苏郡设局收毁淫书目、道光二十四年杭州府设局收毁淫书目、同治七年江苏巡抚丁日昌查禁淫词小说书目皆有著录

（续上表）

序号	作品名称	创作时间与作者	篇幅	主要内容	版本	存佚情况	被禁毁情况
92	《续金瓶梅》	清丁耀亢著	十二卷六十四回	以《感应篇》为说，每回都有引子，叙劝善戒淫恶之意。但亦杂以淫秽描写	清顺治原刻本、北京图书馆藏旧抄本	存	康熙四年、道光十八年苏郡设局收毁淫书目、道光二十四年杭州府设局收毁淫书目、同治七年江苏巡抚丁日昌查禁淫词小说书目皆有著录
93	《艳异编》	明王世贞编	四十卷	传奇小说集	明末刻本	存	道光十八年苏郡设局收毁淫书目、道光二十四年杭州府设局收毁淫书目、同治七年江苏巡抚丁日昌查禁淫词小说书目皆有著录
94	《妖狐媚史》	清松竹轩编	六卷十二回	宣扬连环报应、回头是岸、邪者即妖正为佛，融艳情与神怪为一体。多淫秽描写	松竹轩刊本	存	道光十八年苏郡设局收毁淫书目、道光二十四年杭州府设局收毁淫书目、同治七年江苏巡抚丁日昌查禁淫词小说书目皆有著录

（续上表）

序号	作品名称	创作时间与作者	篇幅	主要内容	版本	存佚情况	被禁毁情况
95	《野叟曝言》	清夏敬渠撰	二十卷一百五十四回	托明朝事，叙苏州府吴江县书生文素臣，少不得志，历经磨难，建功立业，飞黄腾达的故事	光绪七年毗陵汇珍楼活字本，光绪八年石印本	存	道光十八年苏郡设局收毁淫书目、同治七年江苏巡抚丁日昌查禁淫词小说书目皆有著录
96	《一片情》	首序署为"沛国樗仙题于西湖舟次"	十四回	短篇小说集。私通奸情等，颇多淫秽	樗仙序刊本、啸花轩刊本	存	道光十八年苏郡设局收毁淫书目、道光二十四年杭州府设局收毁淫书目、同治七年江苏巡抚丁日昌查禁淫词小说书目皆有著录
97	《怡情阵》	清江西野人编演	十回	据《绣榻野史》改写而成，十分淫秽	据《中国通俗小说总目提要》云：此书有抄本传世	存	道光十八年苏郡设局收毁淫书目、道光二十四年杭州府设局收毁淫书目、同治七年江苏巡抚丁日昌查禁淫词小说书目皆有著录

（续上表）

序号	作品名称	创作时间与作者	篇幅	主要内容	版本	存佚情况	被禁毁情况
98	《宜春香质》	明醉西湖心月主人编	四集二十回	有个别片段暴露了人情世态，有些认识价值，但多是写性，不堪入目	明代笔耕山房刊本，旧刊本	存	道光十八年苏郡设局收毁淫书目、道光二十四年杭州府设局收毁淫书目、同治七年江苏巡抚丁日昌查禁淫词小说书目皆有著录
99	《蟫史》	乾隆、嘉庆年间屠绅撰	二十卷	以清代中叶社会为背景，叙写甘鼎、桑蝴等为首的官兵在诸异人的襄助下，先后平定了广州王汴天化、交人屈蚝，五苗、川陕五斗教以及交趾馗形等叛乱。情节荒诞离奇，且有猥亵描写	乾隆、嘉庆年间磊砢山房原刻本、上海申报馆仿聚珍版印本	存	道光十八年苏郡设局收毁淫书目、道光二十四年杭州府设局收毁淫书目、同治七年江苏巡抚丁日昌查禁淫词小说书目皆有著录

（续上表）

序号	作品名称	创作时间与作者	篇幅	主要内容	版本	存佚情况	被禁毁情况
100	《英烈传》全名《皇明英烈传》，亦名《皇明开运英武传》	相传为明嘉靖时郭勋所撰	二十卷八十则	写朱元璋等人反抗元顺帝的统治，终于灭元建国。大体根据史料敷衍而成，民间传说色彩淡薄，文字通俗。乾隆年间，湖南巡抚谓其系"君召余应诏刊。查系传奇小说，语句混杂，应销毁"	明万历十九年刻本（全称《新锲龙兴名世录皇明开运英武传》）、明三台馆刊本（全称《新刊皇明开运辑略武功名兴英烈传》，别题《官板皇明全像英烈志传》）、崇祯间批点本、清怀德堂本与英德堂刊本，道光十七年，大文堂此书又经剪裁改编，题为《云合奇踪》，托名徐渭编。致和堂刊刻、金陵德聚堂刊刻《绣像京本	存	乾隆四十六年，湖南巡抚刘墉奏缴

（续上表）

序号	作品名称	创作时间与作者	篇幅	主要内容	版本	存佚情况	被禁毁情况
					云合奇踪玉鼎英烈传》十卷八十回、1955年校印本		
101	《虞初新志》	清张潮编	二十卷	明末清初文言小说。"内有钱谦益、吴伟业著作，应铲除，抽禁。"	康熙年间刻本、乾隆年间刻本、嘉庆年间刻本、民国铅印本	存	乾隆四十三年禁毁
102	《玉妃媚史》	明古杭艳艳生撰	二卷	极写杨贵妃之荒淫，全书文笔淫秽		阿英原藏，现不知下落	道光十八年苏郡设局收毁淫书目、道光二十四年杭州府设局收毁淫书目、同治七年江苏巡抚丁日昌查禁淫词小说书目皆有著录

（续上表）

序号	作品名称	创作时间与作者	篇幅	主要内容	版本	存佚情况	被禁毁情况
103	《玉鸳鸯全传》	清佚名撰	八卷三十六回	宋真宗时，苏州王显和素玉的故事	道光十一年抄本，道光二十一年刻本	存	道光十八年苏郡设局收毁淫书目、道光二十四年杭州府设局收毁淫书目、同治七年江苏巡抚丁日昌查禁淫词小说书目皆有著录
104	《鸳鸯影》亦名《梦花想》《飞花艳想》《幻中春》	顺治、康熙年间，樵云山人编次	十八回	才子佳人小说，书叙嘉庆年间浙江绍兴府秀才柳友梅与才女梅如玉、雪瑞云之间的爱情故事	雍正七年刻本名为《飞花艳想》，其后曾改题《鸳鸯影》《梦花想》《幻中春》。有道光十五年坊刊本等传世	存	道光十八年苏郡设局收毁淫书目、道光二十四年杭州府设局收毁淫书目、同治七年江苏巡抚丁日昌查禁淫词小说书目皆有著录
105	《载花船》	清西泠狂者撰	四卷十六回	明末清初短篇小说集	清初刻本	部分存，不全	道光十八年苏郡设局收毁淫书目、道光二十四年杭州府设局收毁淫书目、同治七年江苏巡抚丁日昌查禁淫词小说书目皆有著录

（续上表）

序号	作品名称	创作时间与作者	篇幅	主要内容	版本	存佚情况	被禁毁情况
106	《昭阳趣史》	明古杭艳艳生编	二卷六十五则	叙赵飞燕、合德及汉成帝事	墨庄主人本，明代玩花斋刊本，明抄本	存	道光十八年苏郡设局收毁淫书目、道光二十四年杭州府设局收毁淫书目、同治七年江苏巡抚丁日昌查禁淫词小说书目皆有著录
107	《镇海春秋》	明代吴门啸客编	二十回	叙明末著名将领抗清及后被袁崇焕斩杀事。传记体手法，内容与《辽海丹忠录》近似，颇同史札，且缺乏文采，味同嚼蜡。"事词指，俱多违碍。"	明崇祯刻本（称努尔哈赤为奴酋，为避崇祯讳"检"字缺笔等，可知应刻于崇祯年间）	残存	乾隆四十六年，浙江巡抚陈辉祖奏缴此书

（续上表）

序号	作品名称	创作时间与作者	篇幅	主要内容	版本	存佚情况	被禁毁情况
108	《归莲梦》	清苏庵主人撰	十二回	托为明末，实写清朝事，小说以白莲教农民武装起义斗争为背景，集中描写女大师白莲岸学得神通法术，赈济饥民，创白莲教，纵横数省，最终失败	康熙、乾隆年间清得月楼刻本	存	乾隆四十四年湖北巡抚姚成烈、乾隆四十六年两江总督萨载奏毁

　　需要注意的是，道光年间与同治七年的禁毁书目中，尚有以下书籍未能确定其文体和详细信息：《白蛇传》、《百鸟图》、《鸾凤双箫》、《女风化劝》、《蒲芦岸》、《奇团圆》、《日月环》、《文武元》、《巫梦缘》、《巫山十二峰》、《寻梦托》、《雅观缘》、《一夕缘》、《玉蜻蜓全本》（亦名《芙蓉洞》）、《云雨缘》、《摘锦倭袍》、《真金扇》、《脂粉春秋》、《紫金环》、《醉春风》、《皮布袋》、《七义图》、《丝涤党》、《桃花艳》、《姣红传》、《梦月缘》、《梦纳姻缘》、《两变欢》。

表2　清代禁毁的小说以外的书目（数量）

年号	小说以外的禁毁书目（种）
顺治	—
康熙	《滇黔纪闻》
雍正	《北游集》《读书堂西征随笔》《正信除疑》

（续上表）

年号	小说以外的禁毁书目（种）
乾隆	3 000 余种
嘉庆	"邪教"白莲教及其支派的经卷《观世音菩萨普度授记皈家宝卷》《婚配训言》《九莲如意皇极宝卷真经》《三佛应劫书》《三教经》《三教应劫总观通书》《圣年广益》《十王经卷》《销释木人开山宝卷》《销释收圆行觉宝卷》《销释显性宝卷》《销释圆通宝卷》
道光	弹词：《双珠凤全传》《天宝图》《倭袍传》 剧本：《三笑姻缘记》《万恶缘》《西厢记》 杂著：《一夕话》 唱本，列入《各种小本淫亵摊头唱片名目单》： 《暗偷情》《白洋洋》《长生歌》《雌赶雄》《荡河船卖布》《荡河船前本》《荡河船山歌》《荡河船小板梢》《公偷媳妇》《姑嫂开心》《好一朵鲜花》《红绣鞋》《落庵哈哈调》《卖胭脂》《男风化》《男女哭沉香》《十不许》《十弗攀》《偷诗》《文必正楼会》《文必正送花》《武鲜花》《五更十送》《湘江浪》《小板梢》《小郎儿》《新满江红》《绣荷包》《绣花棚算命》《姨娘叹》《赵圣关山歌全传》……（共 58 种①）
咸丰	—
同治	弹词：《九美图》《刘成美全传》《卖油郎》《七美图》《三笑姻缘》《十美图》《双剪发传》《四香缘》《送符服毒全传》《送花楼会》《叹五更》《堂名滩头》《倭袍传》《一箭缘全传》《玉连环》 传奇、戏文：《牡丹亭》《双玉燕全传》《万恶缘》《文武香球》《二才子》 杂著：《一夕话》 唱本，列入《小本淫词唱片目》：（共 110 种，详见《元明清三代禁毁小说戏曲史料》第 145 页） 戏曲（翼化堂条约，同治八年刊发，列入永禁淫戏目单）： 《把斗关》《搬家》《背娃》《别妻》《财星照》《长亭》《翠华宫》

---

① 详见王利器：《元明清三代禁毁小说戏曲史料》，上海：上海古籍出版社，1981年，第 193 页。

（续上表）

年号	小说以外的禁毁书目（种）
	《翠屏山》《达旦》《打花鼓》《打连相》《打面缸》《打樱桃》《荡河船》《定情》《端午门》《扶头》《服药》《关王庙》《滚楼》《佳期》《交帐》《借茶》《晋阳宫》《拷红》《窥醉》《困龙船》《卖饼》《卖草囤》《卖橄榄》《卖甲鱼》《卖青炭》《卖胭脂》《爬灰》《嫖院》《葡萄架》《奇箭》《前后诱》《秋江》《劝嫖》《三戏白牡丹》《三笑》《上坟》《拾玉镯》《思春》《思凡》《私订》《送灯》《送柬》《送礼》《踏月》《挑帘裁衣》《跳墙着棋》《亭会》《吞舟》《戏凤》《下山》《修脚》《摇会》《游殿》《月下琵琶》《追舟》《坠鞭入院》《捉奸》《捉垃圾》《醉妃》（共80种①）
光绪	《驳康有为论革命书》《长兴学记》《春秋董氏学》《春秋古经左氏说后义补证凡例》《春秋谷梁学外编》《春秋邮》《春秋左氏传汉义补证简明凡例》《春秋左传古义凡例》《大同书》《澹如楼笔记》《第一次上书》《法国变政考》《法国革命记》《法国游记》《革命军》《各国兴昌记》《公车上书记》《公羊春秋经传验推补证》《古学考》《谷梁春秋经传古义疏》《官制考》《光绪圣德记》《光绪圣政记》《国文语原解》《何氏公羊解诂三十论》《画镜》《今古学考》《经话甲编》《经世文新编》《经世文新编序》《康南海传》《李鸿章》《列国比较表》《列国政要表》《六书旧义》《论语注》《南学会答问》《南学会界说》《南学会学约》《南学会札记》《日本变政记》《日本明治变政考》《时务刍言》《释范》《书镜》《四上书记》《四书改错》《四益馆经学丛书》《突厥削弱记》《威尼士游记》《物质救国论》《戊戌六君子传》《戊戌政变记》《戊戌奏稿》《西学书目表》《西政丛书》《夏威夷游记》《新大陆游记》《新学伪经考》《意大利游记》《饮冰室文集》《印度游记》《英国变政考》《知圣编》
宣统	—

①　详见王利器：《元明清三代禁毁小说戏曲史料》，上海：上海古籍出版社，1981年，第198页。

参考文献

一、专著

[1]《清实录》，北京：中华书局，1987年。

[2] 张荣铮、刘勇强、金懋初点校：《大清律例》，天津：天津古籍出版社，1993年。

[3] 中国第一历史档案馆编：《清代档案史料丛编》，北京：中华书局，1990年。

[4] 中国第一历史档案馆编：《纂修四库全书档案》，上海：上海古籍出版社，1997年。

[5] 上海书店出版社编：《清代档案史料选编》，上海：上海书店出版社，2010年。

[6] 上海书店出版社编：《清代文字狱档》（增订本），上海：上海书店出版社，2011年。

[7]（清）余治：《得一录》，载《近代中国史料丛编·三编》，台北：文海出版社，2003年。

[8]（清）昭梿撰，何英芳点校：《啸亭杂录》，北京：中华书局，1980年。

[9]（清）魏源撰，韩锡铎、孙文良点校：《圣武记》，北京：中华书局，1984年。

[10]（清）刘廷玑撰，张守谦点校：《在园杂志》，北京：中华书局，2005年。

[11]（清）姚觐元辑：《清代禁毁书目四种》，上海：商务印书

馆，1937 年。

　　［12］（清）姚觐元编：《清代禁毁书目（补遗)》，上海：商务印书馆，1957 年。

　　［13］（清）孙殿起辑：《清代禁书知见录》，上海：商务印书馆，1957 年。

　　［14］杨娜主编：《中国禁毁小说百部·才子佳人卷》，长春：时代文艺出版社，2003 年。

　　［15］杨娜主编：《中国禁毁小说百部·明清艳情卷》，长春：时代文艺出版社，2003 年。

　　［16］周光培编：《清代笔记小说》，石家庄：河北教育出版社，1996 年。

　　［17］（台湾）国立政治大学古典小说研究中心编：《明清善本小说丛刊初编：艳情小说专辑》，台北：天一出版社，1993 年。

　　［18］石昌渝主编：《中国古代小说总目》，太原：山西教育出版社，2004 年。

　　［19］刘世德主编：《中国古代小说百科全书》（修订本)，北京：中国大百科全书出版社，1998 年。

　　［20］孙楷第：《中国通俗小说书目·外二种》，北京：中华书局，2012 年。

　　［21］王清原等编纂：《小说书坊录》，北京：北京图书馆出版社，2002 年。

　　［22］阿英编：《晚清戏曲小说目》，上海：上海文艺联合出版社，1954 年。

　　［23］阿英编：《晚清文艺报刊述略》，上海：古典文学出版社，1958 年。

　　［24］阿英编：《中国近代反侵略文学集》，北京：中华书局，1957—1960 年。

　　［25］阿英编：《晚清文学丛钞：小说卷》，北京：中华书局，

1960 年。

[26] 阿英编：《晚清文学丛钞：小说戏曲研究卷》，北京：中华书局，1960 年。

[27] 王孝廉等编：《晚清小说大系》，台北：广雅出版有限公司，1984 年。

[28] 王继权等：《中国近代小说大系》，南昌：百花洲文艺出版社，1988—1996 年。

[29] 魏绍昌：《中国近代文学大系：小说集》，上海：上海书店，1990—1996 年。

[30] 江苏省社会科学院明清小说研究中心编：《中国通俗小说总目提要》，北京：中国文联出版公司，1990 年。

[31] 《古本小说集成》编委会：《古本小说集成》，上海：上海古籍出版社，1994 年。

[32] 董文成等编：《中国近代珍稀本小说》，沈阳：春风文艺出版社，1997 年。

[33] 于润琦主编：《清末民初小说书系》，北京：中国文联出版公司，1997 年。

[34] 陈平原、夏晓虹：《二十世纪中国小说理论资料：第一卷》，北京：北京大学出版社，1997 年。

[35] 王继权等：《中国近代小说目录》，南昌：百花洲文艺出版社，1998 年。

[36] 《续修四库全书》，上海：上海古籍出版社，2002 年。

[37] [日] 樽本照雄编，贺伟译：《新编增补清末民初小说目录》，济南：齐鲁书社，2002 年。

[38] 陈大康：《中国近代小说编年》，上海：华东师范大学出版社，2002 年。

[39] 朱一玄、宁稼雨、陈桂声编著：《中国古代小说总目提要》，北京：人民文学出版社，2005 年。

［40］周振鹤：《晚清营业书目》，上海：上海书店出版社，2005 年。

［41］朱一玄编：《明清小说资料选编》天津：南开大学出版社，2006 年。

［42］刘永文编撰：《晚清小说目录》，上海：上海古籍出版社，2008 年。

［43］周欣平编：《清末时新小说集》，上海：上海古籍出版社，2011 年。

［44］林庆彰主编：《晚清四部丛刊》，台中：文听阁图书有限公司，2011 年。

［45］张晓编著：《近代汉译西学书目提要：明末至 1919》，北京：北京大学出版社，2012 年。

［46］陈大康：《中国近代小说编年史》（全 6 册），北京：人民文学出版社，2013 年。

［47］哈佛燕京图书馆、国家图书馆出版社编：《哈佛燕京图书馆藏韩南捐赠文学文献汇刊》（全八十册），北京：国家图书馆出版社，2015 年。

［48］《广州大典》编纂委员会：《广州大典》，广州：广州出版社，2015 年。

［49］王文章主编：《傅惜华藏古本小说丛刊》，北京：学苑出版社，2016 年。

［50］王利器：《元明清三代禁毁小说戏曲史料》，上海：上海古籍出版社，1981 年。

［51］丁淑梅：《清代禁毁戏曲史料编年》，成都：四川大学出版社，2010 年。

［52］王彬主编：《清代禁书总述》，北京：中国书店，1999 年。

［53］雷梦辰：《清代各省禁书汇考》，北京：书目文献出版社，1989 年。

[54] 萧相恺：《珍本禁毁小说大观——稗海访书录》，郑州：中州古籍出版社，1992 年。

[55] 李梦生：《中国禁毁小说百话》，上海：上海书店出版社，2006 年。

[56] 李时人、魏崇新、周志明等：《中国古代禁毁小说漫话》，上海：汉语大词典出版社，1999 年。

[57] 安平秋、章培恒主编：《中国禁书大观》，上海：上海文化出版社，1990 年。

[58] 陈正宏、谈蓓芳：《中国禁书简史》，上海：学林出版社，2004 年。

[59] 王彬：《禁书·文字狱》，北京：中国工人出版社，1992 年。

[60] 黄裳：《笔祸史谈丛》，北京：北京出版社，2003 年。

[61] 谢苍霖、万芳珍：《三千年文祸》，南昌：江西高校出版社，2002 年。

[62] 金性尧：《清代笔祸录》，上海：上海远东出版社，2012 年。

[63] 中国社会科学院近代史研究所政治史研究室编：《清代满汉关系研究》，北京：社会科学文献出版社，2011 年。

[64] 中国人民大学清史研究所编：《清史编年》，北京：中国人民大学出版社，2000 年。

[65] 朱诚如主编：《清朝通史》，北京：紫禁城出版社，2002 年。

[66] 孟森：《明清史讲义》（全二册），北京：中华书局，1981 年。

[67]（清）邓之诚著，栾保群校点：《骨董琐记全编》，北京：人民出版社，2012 年。

[68] 鲁迅校录：《小说旧闻钞》，济南：齐鲁书社，1997 年。

［69］鲁迅：《中国小说史略》，北京：中华书局，2010年。

［70］袁行霈主编：《中国文学史》（第二版），北京：高等教育出版社，2005年。

［71］张俊：《清代小说史》，杭州：浙江古籍出版社，1997年。

［72］郑振铎：《中国文学研究》，北京：作家出版社，1957年。

［73］胡士莹：《话本小说概论》（全二册），北京：中华书局，1980年。

［74］宋莉华：《明清时期的小说传播》，北京：中国社会科学出版社，2004年。

［75］龚鹏程：《中国小说史论》，北京：北京大学出版社，2008年。

［76］王进驹：《乾隆时期自况性长篇小说研究》，北京：中国社会科学出版社，2006年。

［77］文革红：《清代前期通俗小说刊刻考论》，南昌：江西人民出版社，2008年。

［78］郑振铎：《西谛书话》，北京：生活·读书·新知三联书店，2005年。

［79］阿英：《小说三谈》，上海：上海古籍出版社，1979年。

［80］阿英：《晚清小说史》，北京：人民文学出版社，1980年。

［81］时萌：《中国近代文学论稿》，上海：上海古籍出版社，1986年。

［82］袁建、郑荣编著：《晚清小说研究概说》，天津：天津教育出版社，1989年。

［83］袁进：《中国小说的近代变革》，北京：中国社会科学出版社，1992年。

［84］黄霖：《近代文学批评史》，上海：上海古籍出版社，1993年。

［85］黄锦珠：《晚清时期小说观念之转变》，台北：文史哲出

版社，1995 年。

［86］颜廷亮：《晚清小说理论》，北京：中华书局，1996 年。

［87］欧阳健：《晚清小说史》，杭州：浙江古籍出版社，1997 年。

［88］郭延礼：《中国近代翻译文学概论》，武汉：湖北教育出版社，1998 年。

［89］武润婷：《中国近代小说演变史》，济南：山东人民出版社，2000 年。

［90］王燕：《晚清小说期刊史论》，长春：吉林人民出版社，2002 年。

［91］郭浩帆：《中国近代四大小说杂志研究》，北京：当代中国出版社，2003 年。

［92］刘良明等：《近代小说理论批评流派研究》，武汉：武汉大学出版社，2003 年。

［93］郭延礼：《20 世纪中国近代文学研究学术史》，南昌：江西高校出版社，2004 年。

［94］［美］韩南著，徐侠译：《中国近代小说的兴起》，上海：上海教育出版社，2004 年。

［95］［美］王德威著，宋伟杰译：《被压抑的现代性——晚清小说新论》，北京：北京大学出版社，2005 年。

［96］李楠：《晚清、民国时期上海小报研究——一种综合的文化、文学考察》，北京：人民文学出版社，2005 年。

［97］孟兆臣：《中国近代小报史》，北京：社会科学文献出版社，2005 年。

［98］潘建国：《古代小说文献丛考》，北京：中华书局，2006 年。

［99］韩伟表：《中国近代小说研究史论》，济南：齐鲁书社，2006 年。

［100］陈大康：《古代小说研究及方法》，北京：中华书局，

2006 年。

［101］陈大康：《明代小说史》，北京：人民文学出版社，2007 年。

［102］程国赋：《明代书坊与小说研究》，北京：中华书局，2008 年。

［103］吕文翠：《海上倾城：上海文学与文化的转异——一八四九—一九零八》，台北：城邦文化事业股份有限公司，2009 年。

［104］文娟：《结缘与流变——申报馆与中国近代小说》，桂林：广西师范大学出版社，2009 年。

［105］包天笑：《钏影楼回忆录》，北京：中国大百科全书出版社，2008 年。

［106］陈平原：《中国小说叙事模式的转变》，北京：北京大学出版社，2010 年。

［107］陈平原：《中国现代小说的起点：清末民初小说研究》，北京：北京大学出版社，2010 年。

［108］付建舟、朱秀梅：《清末民初小说版本经眼录》，上海：上海远东出版社，2010 年。

［109］习斌：《晚清稀见小说经眼录》，上海：上海远东出版社，2012 年。

［110］凌硕为：《新闻传播与近代小说之转型》，杭州：浙江大学出版社，2013 年。

［111］付建舟：《清末民初小说版本经眼录二集》，杭州：浙江工商大学出版社，2013 年。

［112］付建舟：《清末民初小说版本经眼录三集》，北京：中国社会科学出版社，2013 年。

［113］阚文文：《晚清报刊上的翻译小说》，济南：齐鲁书社，2013 年。

［114］施晔：《近代小说的城市书写与社会变革》，桂林：广西

师范大学出版社，2013 年。

　　［115］汤克勤、李珊编著：《近代小说学术档案》，武汉：武汉大学出版社，2013 年。

　　［116］姜荣刚：《晚清小说的变革：中西互动与传统的内在转化——以梁启超为中心》，北京：中国社会科学出版社，2014 年。

　　［117］吴泽泉：《中国近代小说观念研究》，北京：中国社会科学出版社，2014 年。

　　［118］潘薇薇：《从〈申报〉广告看中国近代小说运动》，上海：东方出版中心，2015 年。

　　［119］潘建国：《物质技术视阈中的文学景观：近代出版与小说研究》，北京：北京大学出版社，2016 年。

　　［120］胡道静：《报坛逸话》，上海：世界书局，1940 年。

　　［121］张静庐辑注：《中国近代出版史料：初编》，北京：中华书局，1957 年。

　　［122］张静庐辑注：《中国近代出版史料：二编》，北京：中华书局，1957 年。

　　［123］方汉奇：《中国近代报刊史》，太原：山西教育出版社，1981 年。

　　［124］郑逸梅：《书报话旧》，上海：学林出版社，1983 年。

　　［125］杨绳信：《中国版刻综录》，西安：陕西人民出版社，1987 年。

　　［126］吉少甫：《中国出版简史》，上海：学林出版社，1991 年。

　　［127］［日］清水英夫著，沈洞澧、乐惟清译：《现代出版学》，北京：中国书籍出版社，1991 年。

　　［128］李明山：《中国近代编辑家评传》，开封：河南大学出版社，1993 年。

　　［129］朱联保编撰，曹予庭修订：《近现代上海出版业印象

记》，上海：学林出版社，1993年。

[130] 方厚枢：《中国出版史话》，北京：东方出版社，1996年。

[131] 马光仁：《上海新闻史：1850—1949》，上海：复旦大学出版社，1996年。

[132] 许力以：《中国出版百科全书》，太原：书海出版社，1997年。

[133] 周林，李明山：《中国版权史研究文献》，北京：中国方正出版社，1999年。

[134] 瞿冕良：《中国古籍版刻辞典》，济南：齐鲁书社，1999年。

[135] ［美］斯蒂文·小约翰著，陈德民、叶晓辉、廖文艳译：《传播理论》，北京：中国社会科学出版社，1999年。

[136] 来新夏等：《中国近代图书事业史》，上海：上海人民出版社，2000年。

[137] 肖东发：《中国图书出版印刷史论》，北京：北京大学出版社，2001年。

[138] 张国良：《新闻媒介与社会》，上海：上海人民出版社，2001年。

[139] 吴相：《从印刷作坊到出版重镇》，南宁：广西教育出版社，1999年。

[140] 徐蜀、宋安莉：《中国近代古籍出版发行史料丛刊》，北京：北京图书馆出版社，2003年。

[141] 陈玉申：《晚清报业史》，济南：山东画报出版社，2003年。

[142] 李明山：《中国近代版权史》，开封：河南大学出版社，2003年。

[143] 宋原放主编，汪家熔辑注：《中国出版史料：近代部分

（补卷）》，武汉：湖北教育出版社，济南：山东教育出版社，2004 年。

［144］王岳川：《媒介哲学》，开封：河南大学出版社，2004 年。

［145］［美］约瑟夫·R. 多米尼克著，蔡骐译：《大众传播动力学——数字时代的媒介》，北京：中国人民大学出版社，2004 年。

［146］韦力：《中国近代古籍出版发行史料丛刊补编》，北京：线装书局，2006 年。

［147］史春风：《商务印书馆与中国近代文化》，北京：北京大学出版社，2006 年。

［148］张秀民：《中国印刷史》（插图珍藏增订版），杭州：浙江古籍出版社，2006 年。

［149］王建辉：《出版与近代文明》，开封：河南大学出版社，2006 年。

［150］仓理新：《书籍传播与社会发展——出版产业的文化社会学研究》，北京：首都师范大学出版社，2007 年。

［151］戚福康：《中国古代书坊研究》，北京：商务印书馆，2007 年。

［152］巢峰：《出版论稿》，上海：复旦大学出版社、上海辞书出版社，2007 年。

［153］汪家熔：《中国出版通史：清代卷》，北京：中国书籍出版社，2008 年。

［154］程丽红：《清代报人研究》，北京：社会科学文献出版社，2008 年。

［155］张苹：《密与解密——中国图书生产与传播的符号学研究》，北京：华夏出版社，2008 年。

［156］俞子林：《书的记忆》，上海：上海书店出版社，2008 年。

［157］孙毓修、陈彬龢、查猛济：《中国雕板源流考　中国书史》，上海：上海古籍出版社，2008年。

［158］郑士德：《中国图书发行史》（增订本），北京：中国时代经济出版社，2009年。

［159］全国图书馆文献缩微复制中心汇编：《中国早期白话报汇编》，北京：缩微中心出版社，2008年。

［160］全国图书馆文献缩微复制中心汇编：《晚清珍稀期刊汇编》，北京：缩微中心出版社，2009年。

［161］全国图书馆文献缩微复制中心汇编：《晚清珍稀期刊续编》，北京：缩微中心出版社，2010年。

［162］汪耀华：《上海书业同业公会史料与研究》，上海：上海交通大学出版社，2010年。

［163］徐雁等：《中国图书文化简史》，北京：中华书局，上海：上海古籍出版社，2010年。

［164］上海图书公司编：《二十世纪中国古旧书业资料丛刊》，扬州：广陵书社，2010年。

［165］戈公振：《中国报学史》，长沙：岳麓书社，2011年。

［166］刘俐娜：《出版史话》，北京：社会科学文献出版社，2011年。

［167］李春雨：《出版文化与中国文学的现代转型》，北京：北京语言大学出版社，2011年。

［168］邓文锋：《晚清官书局述论稿》，北京：中国书籍出版社，2011年。

［169］吴永贵：《民国出版史》，福州：福建人民出版社，2011年。

［170］（清）叶德辉：《书林清话》，上海：上海古籍出版社，2012年。

［171］万启盈：《中国近代印刷工业史》，上海：上海人民出版

社，2012 年。

　　［172］［美］费正清、刘广京编，中国社会科学院历史研究所编译室译：《剑桥中国晚清史（1800—1911 年）》，北京：中国社会科学出版社，1985 年。

　　［173］上海市文史馆、上海市人民政府参事室文史资料工作委员会：《上海地方史资料（四）》，上海：上海社会科学院出版社，1986 年。

　　［174］郑逸梅：《清末民初文坛逸事》，上海：学林出版社，1987 年。

　　［175］熊月之：《西学东渐与晚清社会》，上海：上海人民出版社，1994 年。

　　［176］孙家振：《退醒庐笔记》，上海：上海书店出版社，1997 年。

　　［177］蒋廷黻：《中国近代史》，上海：上海古籍出版社，1999 年。

　　［178］李伯元著，薛正兴校点：《南亭笔记》，南京：江苏古籍出版社，2000 年。

　　［179］张元济著，张人凤整理：《张元济日记》，石家庄：河北教育出版社，2001 年。

　　［180］夏晓虹：《晚清社会与文化》，武汉：湖北教育出版社，2001 年。

　　［181］李长莉：《晚清上海社会的变迁——生活与伦理的近代化》，天津：天津人民出版社，2002 年。

　　［182］杨联芬：《晚清至五四：中国文学现代性的发生》，北京：北京大学出版社，2003 年。

　　［183］郭汉民：《晚清社会思潮研究》，北京：中国社会科学出版社，2003 年。

　　［184］陈旭麓：《近代中国社会的新陈代谢》，上海：上海社会

科学院出版社，2006 年。

[185] 曹聚仁：《上海春秋》，北京：生活·读书·新知三联书店，2007 年。

[186] 杨国强：《晚清的士人与世相》，北京：生活·读书·新知三联书店，2008 年。

[187] [美] 叶凯蒂著，杨可译：《上海·爱：名妓、知识分子和娱乐文化 1850—1910》，北京：生活·读书·新知三联书店，2012 年。

二、论文

[188] 王进驹：《清代小说的分期问题》，《学术研究》2004 年第 10 期。

[189] 陆林：《宋元明清家训禁毁小说戏曲史料辑补》，《明清小说研究》1997 年第 2 期。

[190] 石昌渝：《清代小说禁毁述略》，《上海师范大学学报（哲学社会科学版）》2010 年第 1 期。

[191] 敖堃：《清代禁毁小说述略》，《清史研究》1991 年第 3 期。

[192] 赵维国：《论清代小说、戏曲的文化管理体制及禁毁形态》，《中国文化研究》2010 年第 1 期。

[193] 冷成金：《试谈中国禁毁小说的概况及禁毁因由》，《中国人民大学学报》1999 年第 5 期。

[194] 张慧禾：《禁毁小说研究百年回顾与展望》，《西南交通大学学报（社会科学版）》2004 年第 6 期。

[195] 唐可：《明清禁毁小说禁毁因由探析》，《青年文学家》2012 年第 5 期。

[196] 姜子龙、曹萌：《禁毁与传播——关于明清小说的一种另类传播方式》，《理论界》2005 年第 9 期。

［197］褚殷超、樊庆彦：《〈水浒传〉在明清时期的禁毁与传播》，《作家》2008 年第 14 期。

［198］赵维国：《书籍禁毁：一种文化现象的观照——兼论俗文学范畴的戏曲小说禁毁》，《中国文学研究》2003 年第 4 期。

［199］郭守运：《明代禁毁小说的文化伦理诉求》，《华南师范大学学报（社会科学版）》2007 年第 4 期。

［200］王红：《明清禁毁小说政策对小说发展的影响研究》，《广东培正学院学报》2011 年第 2 期。

［201］谢桃坊：《中国近代禁毁小说戏曲的得失》，《文献》1994 年第 3 期。

［202］胡海义、程国赋：《论乾隆朝小说禁毁的种族主义倾向》，《明清小说研究》2006 年第 2 期。

［203］陈益源：《丁日昌的刻书与禁书》，《明清小说研究》1997 年第 2 期。

［204］赵维国：《乾隆朝禁毁戏曲剧目考》，《文献》2002 年第 2 期。

［205］李沂秋：《谈明清通俗小说的禁毁》，《临沂师范学院学报》2001 年第 5 期。

［206］黄霖：《丁耀亢及其〈续金瓶梅〉》，《复旦学报（社会科学版）》1988 年第 4 期。

［207］安双成：《顺康年间〈续金瓶梅〉作者丁耀亢受审案》，《历史档案》2000 年第 2 期。

［208］袁进：《试论晚清小说读者的变化》，《明清小说研究》2001 年第 1 期。

［209］潘建国：《由〈申报〉所刊三则小说征文启事——看晚清小说观念的演进》，《明清小说研究》2001 年第 1 期。

［210］李伯重：《明清江南的出版印刷业》，《中国经济史研究》2001 年第 3 期。

［211］施勇勤：《古代出版商的读者服务意识》，《编辑学刊》2001 年第 6 期。

［212］刘永文：《西方传教士与晚清小说》，《明清小说研究》2003 年第 1 期。

［213］郭浩帆：《清末民初小说与报刊业之关系探略》，《文史哲》2004 年第 3 期。

［214］范军：《略论古代小说序跋中的出版史料》，《华中师范大学学报（人文社会科学版）》2004 年第 6 期。

［215］李忠明：《明末通俗小说刊刻中心的迁移与小说风格的转变》，《南京师大学报（社会科学版）》2004 年第 4 期。

［216］陈大康：《论晚清小说与书价》，《华东师范大学学报》2005 年第 4 期。

［217］李静：《晚清报刊业的勃兴与近代小说的多元嬗变》，《青海师范大学学报（哲学社会科学版）》2005 年第 6 期。

［218］潘建国：《近代小说的研究现状与学术空间》，《文学遗产》2006 年第 1 期。

［219］蔺文锐：《商业媒介与明代小说文本的大众化传播》，《戏曲艺术》2005 年第 2 期。

［220］陈惠英：《乾隆朝禁毁通俗小说研究》，暨南大学硕士学位论文，2011 年。

［221］高莎莎：《〈金瓶梅〉在明清时期的传播与禁毁研究》，中国海洋大学硕士学位论文，2009 年。

［222］刘荣丽：《清代禁毁小说中的女性形象初探》，苏州大学硕士学位论文，2004 年。

［223］赵博：《从清代禁毁小说看法律对文学的规制》，中国政法大学硕士学位论文，2013 年。

［224］陈旭东：《清修〈四库全书〉福建采进本与禁毁书研究》，福建师范大学硕士学位论文，2004 年。

［225］孙建杰：《清廷禁毁戏曲现象研究》，河南大学硕士学位论文，2007 年。

［226］聂碧荣：《清代禁毁戏曲与礼乐教化》，华东师范大学硕士学位论文，2010 年。

［227］丁淑梅：《中国古代禁毁戏剧史论》，华东师范大学博士学位论文，2006 年。

［228］丁峰山：《明清性爱小说的文学观照及文化阐释》，福建师范大学博士学位论文，2005 年。

［229］孙文杰：《清代图书市场研究》，武汉大学博士学位论文，2010 年。

［230］谢仁敏：《晚清小说低潮研究——以宣统朝小说界为中心》，华东师范大学博士学位论文，2010 年。

［231］徐萍：《从晚清至民初：媒介环境中的文学变革》，山东师范大学博士学位论文，2011 年。

［232］张霞：《出版与近代文学现代化的发生》，复旦大学博士学位论文，2011 年。

［233］丁合林：《近代小说传播研究》，河北大学博士学位论文，2012 年。

［234］龚琼芳：《林译小说在清末民初的传播研究》，华中师范大学博士学位论文，2013 年。

［235］张汉波：《〈小说林〉与晚清小说杂志的转型》，华东师范大学博士学位论文，2013 年。

［236］申畅：《媒介环境视阈下文学创作的职业化之路——以晚清报人小说家为研究中心》，吉林大学博士学位论文，2014 年。

后　记

  本书是在我的硕士学位论文的基础上增改而成的。犹记得当年，在否决了多个论题之后，我最终选择"清代小说禁毁研究"作为硕士学位论文的题目，当时的心情既激动又忐忑。一方面，我深刻认识到这个选题的意义和价值；另一方面，我又担忧自己能否做好这个题目。我遵从导师的建议，恶补文献学、目录学、出版学等相关知识，同时阅读各种史料、论著，了解清代的历史、政治、社会和文化，为后续的写作打下了理论基础。

  在之后几年的读书、工作中，我陆续接触到更多关于清代小说和小说禁毁的资料，认识到之前所撰写的论文还存在很多需要改进之处。从现有成果来看，目前学界对禁毁史料和书目有了较为系统完整的搜集整理，已出版了相关的小说书目和介绍性的书籍，也有小说文本的系列丛书。在此特别感谢王利器先生辑录的《元明清三代禁毁小说戏曲史料》，为后来学者研究禁毁小说提供了基础和便利。学术界已有研究对清代禁毁小说的总体情况叙述得比较清楚，但没有更细致地分析清代各个时期的不同特点，对各时期小说禁毁的背景、原因、实施过程、具体特征、所包含的社会文化意义、各时期之间小说禁毁的承续关系及新的变化等尚缺乏系统、充分和深入的研究。而本书拟通过全面系统地梳理清代各时期小说禁毁的情况，联系满汉民族关系的变迁和文字狱等，考察清代小说禁毁的历史进程和特点规律，分析小说禁毁与小说发展的关系，具体切实地研究清代小说禁毁如何影响小说的创作、刊刻、流传及接受，以期更好地理解小说禁毁的影响。从小说禁毁这方面入手，反思、探讨清代小说史，认识本说禁毁对于小说发展的影响，既能从另一角度来分析清代小说的创作、传播和接受等现象，全面地理解当时小说发生发展的规律；又能通过禁毁文化更好地了解清代社会的政治思想及学术文化，增进对清代文化政策的认识，并且总结历史经验，为当下小说的发展和文化生活的繁荣提供借鉴。

本书还存在很多不足和进一步研究的空间。关于禁毁小说与小说的发展、传播接受的关系，以及禁毁的小说的价值等尚未得到充分的研究。对政治文化政策的复杂性、满汉关系的变迁等，考虑不够全面充分，需更紧密地将禁毁小说史与政治、文化史综合考察。

在写作过程中，我有过获得所需资料的欣喜，有过思路卡顿的苦恼，有过坐冷板凳的烦躁，还有过无法排解的焦虑和深深的挫败感。但正是经历并度过了这个阶段，我的学术研究能力才得到了提升和精进。借助这次研究，我有机会接触到各种古籍原本，了解到古籍保护的知识，这让我对古籍修复工作产生了浓厚的兴趣。通过这几年的训练，我的逻辑思维能力、资料整合能力、现象分析能力都得到一定程度的提高，这些都将为我以后的学术研究和为人处世带来益处。

本书是在恩师王进驹教授和暨南大学诸多老师的指导下完成的。从 2008 年走进暨大，我在这里完成了本、硕、博阶段的学习。暨南大学见证了我的成长，参与了我的青春，成了我人生无法割舍的一部分。在成长的同时，我也看着这里一年年的变化，未尝不是一件有意思的事情。在这里，在诸多老师的教导和自己的努力之下，我的学识、素质、人格等各方面都得到提高。从本科期间就确定了自己的方向和目标，这些年也从未动摇，努力一步步向梦想前进。奈何才疏学浅，成果不尽如人意。终究是辜负了老师的殷殷厚望和谆谆教诲，辜负了深夜凌晨里静静相伴的那一抹清朗月色，唯有以此鞭策自己再接再厉。

　　在此，我要特别感谢导师王进驹教授和师母黄绍英老师！感谢你们在学习上、生活上、人生道路上给予我的指导、鼓励和关怀。感谢暨南大学文学院徐国荣教授、张海沙教授、赵维江教授、程国赋教授、史小军教授、罗立群教授等，以及其他曾经给予我指导与帮助的诸位老师。感谢陪我一起成长的同学和同门。感谢暨南大学图书馆、中山大学图书馆、广东省立中山图书馆等诸多图书馆提供的资料文献，为本书的写作和实物调查提供了诸多便利，也充实了我的知识储备。感谢暨南大学出版社的潘江曼编辑和其他在本书的出版过程中尽心尽力的工作人员，他们热情友好的态度和专业严谨的知识给予我莫大的关怀和帮助。

　　学术研究之路是无止境的，对知识的追求也不应停歇，今日的成果是为明日的奋斗奠定更好的基础。我们还年轻，我们渴望的是在路上。勉励自己，祝福自己，世道艰辛，尘世繁杂，唯愿珍重慎重，不忘初心。

蔡瑜清
2022 年 3 月 10 日